光文社文庫

文庫書下ろし／長編時代小説

夫婦十手

和久田正明

KOBUNSHA

JN266657

光　文　社

この作品は光文社文庫のために書下ろされました。

目次

第一話　骰子地獄《さいころじごく》

一

「お父っつぁん、話があるの」

晩酌《ばんしゃく》をやっていた七五郎《しちごろう》の前に神妙に座るなり、お蝶《ちょう》が切り出した。

「おう、なんでえ」

渋味のある笑い皺《じわ》が特徴の七五郎が、相好《そうごう》を崩してお蝶を見た。

お蝶はすぐには言いだせず、色白のふっくらした頬をうつむかせ、もじもじしている。二十一にもなるのに花も恥じらう風情《ふぜい》だ。

七五郎はそれと察してすぐには追及せず、酒の肴《さかな》の田螺《たにし》の佃煮《つくだに》を箸《はし》でつまみ、

「うめえな、こいつぁ。味付けがいいぜ」

口を動かしながら言った。

「そのはずよ、昼間佃島《つくだじま》まで行って買って来たんだから。少し高かったわ」

「おれのためにか」

「そうよ、お父っつぁんのためによ」

本当は違うのである。

「すまねえ、そいつぁ」

七五郎はぐびりと盃を干すと、

「どうしたい、どんな話だ。おめえに悩みがあるとはとても思えねえがよ」

からかうような目で言った。

「あるわよ、あたしにだって」

「だったらとっとと言ってみな。言いづれえ話なのか」

「あ、あたし……」

「うん」

「一緒になりたい人がいるの」

お蝶が下を向いたまま、頬を染めて言った。

「誰でえ、そいつぁ」

七五郎は少し声を尖《とが》らせると、

「相手を言ってみろ」

「虎三《とらぞう》さん」

その名を聞いて、七五郎が難しい顔を作った。

「聞いて、お父っつぁん」

「ちょっと待ってろ」

七五郎は立つと押入れを開けてごそごそと探しものをし、埃《ほこり》を被《かぶ》った煙草盆《たばこぼん》を取り出して来た。そして錆《さ》びた煙管《きせる》を手拭《てぬぐ》いで拭き取り、雁首《がんくび》に葉を詰めて火鉢に顔を寄せて火をつけ、煙草を吸った。

「あいつかあ……」

苦々しく、だが決して怒っているふうではなく、つぶやくように言って紫煙を吐きだした。

「お父っつぁん、よっく聞いて。その昔にお父っつぁんが飛脚《ひきゃく》と大喧嘩をして、それからずっと飛脚を見る度にむかっ腹が立ってならないって話は、あたしだって耳にたこだわ。でもおなじ飛脚でも虎三さんは違うのよ」

「わかってらあ、そんなこたあ」

七五郎はむやみに紫煙をくゆらせ、あれこれ考えている。

お蝶はじっとその様子を観察している。

観察眼ということにかけてはお蝶は独特のものを持っていて、人後《じんご》に落ちないのだ。それは生まれつき彼女に具《そな》わった天賦《てんぷ》の才なのである。

(やめていた煙草に手を出したってことは、きっと苛《いら》ついてるのね。でも決して怒っちゃいない。あたしの相手が虎三さんだってことはどっかで予想がついていたのよ。だからそんなに驚いていないわ。遂に来たかってとこね。父親なら誰だって味わう苦い運命の時なんだわ。ご免なさい、お父っつぁん)

七五郎がなんと言うか、お蝶は一人胸を弾《はず》ませている。

七五郎の仕事は岡っ引きで、それも鬼のつくような凄腕《すごうで》だから、世の悪党どもを大いに震え上がらせている。岡っ引きにしておくには勿体《もったい》ないような苦み走ったいい男ぶりで、若い時から女にもて囃《はや》された。だがその頃から七五郎は頑固者《がんこもの》で、くだらない女には脇目もふらず、お新《しん》という大工の娘と所帯を持つと仕事ひと筋に生きてきた。そうして二人の間に生まれたのがお蝶で、強気な気性《きしょう》は七五郎そっくりなのである。どちらかといえば器量の方は母親似で、目鼻がすっきり整ってどこも不足はない。細い鼻がつんと高く、黒目勝ちな大きな瞳は永遠を見通すかのように清く澄《す》み、しかもぽってりとした唇は情《じょう》が深そうだ。ものごとに対して曖昧《あいまい》とか、引っ込み思案などというのが嫌いだから、お蝶は女ながら竹を割ったようなはっきりした気性なのだ。母親のお新はお蝶が十の時に病いを得て他界し、それから十一年の間、お蝶は七五郎と二人で暮らしてきた。後添《のちぞ》えの話はいくらも持ち込まれたが、頑固な彼は首を縦《たて》にふらなかったのである。

親子が住んでいるのは浅草《あさくさ》田原町《たわらまち》一丁目の大通りからひとつ入った裏通りで、二十坪《つぼ》（六十六平方メートル）ほどの敷地に平屋を建て、そこに八帖《じょう》、六帖二間《ま》、さらに広い土間と台所がついて、申し訳程度の小庭には今は冬枯れているが、もう少ししたら沈丁花《じんちょうげ》が咲くのだ。この頃の多くの人は長屋住まいだが、岡っ引きという稼業柄《かぎょうがら》、昼夜を分かたず捕物の出入りがあるから、七五郎の判断で一軒家にしたのである。それに岡っ引きほど貰《もら》いの多い仕事はなく、町内の商家からの付け届けが絶え間ない。岡っ引きには町を護《まも》る、という大義があり、商家の方は護って頂く立場なのだ。それにお上《かみ》から十手《じって》を預っていても、それは奉行所の定めた正式な仕事ではないので、抱えられている同心《どうしん》からわずかながらの手当てを貰うしかない。それではとてもやっていけないから、岡っ引きはおのれの才覚で暮らしの算段をつけることになる。一方で、非力な商家としては岡っ引きに護って貰わなければ立ち行かず、こうして世の中は持ちつ持たれつの構図ができているのである。

「その話はよ、ちょっと考えさしてくれ」

煙管の雁首を灰吹《はいふ》きに叩き、七五郎が言った。

「駄目ってこと？　お父っつぁん」

お蝶は真剣な目になっている。

「いけねえとは言ってねえぜ。虎三はおめえの幼馴染《おさななじ》みだし、おれも気心《きごころ》は知れてるつもりよ。少しばかり頼りねえとこがあるが、まず悪い奴じゃねえことはよっくわかってる。だからと言ってよ、おめえにそう言われて、この場でへえようがすとは言えねえやな」

「そうよね、お父っつぁんの立場もあるものね。わかったわ、あたし、今から虎三さんの所へ行って来る」

「こんな夜にかよ」

「だって目と鼻の所じゃない。あの人、返事を待ってるの」

「けっ、そういうことかい。おれぁ先に寝てるぜ」

「うん、あっ、待って」

お蝶は奥の八帖間へ行き、手早く七五郎の寝床をこさえ、それから鏡に向かって髪を整えると、身繕《みづくろ》いをして出ようとした。

その時、そっと格子戸《こうしど》が叩かれた。

「誰かしら、こんな時分に」

お蝶が七五郎と不審に見交《みか》わし、戸口へ行って戸を開けた。

そこに見知らぬ中年の男が立っていた。商人のようだが立派な身装《みなり》とは言い難い。

「あのう、こちらは七五郎親分の家でございますよね」

男の声は哀れなほどにしわがれていた。

「そうですけど」

そう言い、お蝶はすばやく男を観察した。

（着古した小袖《こそで》に羽織《はおり》を着て、なんだか気の毒みたい。それにこの人、きっと苦労してるのよ。老けて見えるけど本当はもっと若いのかも知れない）

「どちらさんでございますか」

お蝶が問うと、男は腰を低くして、

「あたくしは日本橋《にほんばし》の方から参りまして、伊勢《いせ》屋《や》と申します」

「日本橋の伊勢屋さん……」

（そう言われたって、日本橋に伊勢屋なんて箒《ほうき》で掃《は》くほどあるじゃない）

そう思って座敷へ行きかけると、七五郎が立って来て、

「ああ、おめえさんか」

「こんな夜分に申し訳ありません、親分」

「まあいいから上がってくんな」

七五郎は伊勢屋と名乗る男を知っているらしく、鷹揚《おうよう》に言って導き入れ、お蝶はそれを汐《しお》に「じゃ、すぐ帰るわね、お父っつぁん」と言って家を出た。

岡っ引きの家庭だから、こういう家族の知らないような人間が訪ねて来るのは格別珍しいことではなく、これまでも多々あった。大抵は難儀《なんぎ》な問題を抱えた人の相

談事で、その夜もお蝶はさして気にしなかったのである。

二

虎三の住む長屋は田原町二丁目にあり、それはお蝶の家から大通りを渡り、路地を幾つか曲がってすぐであった。

その一軒の家の四帖半一間で、虎三は寒そうに丹前《たんぜん》を着込み、田螺を肴にして一人で晩酌をやっていた。お蝶の買ったその肴は虎三のためであり、父親の七五郎はおこぼれだったのだ。飲みながら虎三の貧乏ゆすりが止まらないのは、待ち人来たらずで苛ついているからだ。

飛脚は客商売で身だしなみが大事だから、虎三は月代《さかやき》をきれいに剃《そ》り上げている。それがまたすっきりと見栄えをよくし、彼を粋でいなせに見せている。一見ひょろっとしていて頼りなげだが、筋骨《きんこつ》は逞《たくま》しく、細面《ほそおもて》の顔立ちも鼻筋が通ってまあまあの男前だ。身の丈は五尺七寸（約百七十三センチ）もあり、お蝶ならずとも惚《ほ》れるのは当然なのだ。

からころと軽やかな下駄《げた》の音が聞こえてきたので、虎三はびくっとなって顔を上げ、待ち構えるようにした。だがそれきりしんとして何も聞こえない。

「なんだよ、あんにゃろうは……」

立ちかけるとがらっと油障子《あぶらしょうじ》が開き、お蝶が顔を覗《のぞ》かせて「ばあっ」と言った。

「馬鹿やってんじゃねえよ、寒いから早くへえれ」

お蝶は勝手知った様子で入って来ると、座敷へ上がってちょこなんと座り、

「どうだった、これ」

と言って、田螺をつまみ食いし、

「あ、おいしい」

「おめえの買ってくるものにまずいものはねえよ」

お蝶はうまいものを見つけてくる名人なのだ。

虎三はお蝶の間近に座ると、急《せ》かすようにして、

「で、どうだった」

「何が」

「惚《とぼ》けるなよ、首尾《しゅび》を聞いてんだよ」

「駄目って言うわけないわよ、お父っつぁんが」

「いいって言ったんだな」

「いいとも言ってない」

「どっちなんだ」

「考えさしてくれって」

「おれのどこに問題があるんだ」

「そんなものないわよ。大丈夫よ。だから祝言《しゅうげん》、早くしようね」

「そう急ぐなよ、がきができたわけでもあるめえし」

「そりゃそうよ、ややができるようなことしてないもん」

「おめえがさせねえんじゃねえか」

「嫌なのよ、ふしだらは」

「祝言を急ぐのはちゃんと夫婦《めおと》んなって、あれを早くしてえからか」

「ど助平《すけべ》」

虎三がお蝶の手を取って、

「おめえ、おれのことどう思ってるんだ」

「馬鹿ね、何を今さら」

二人はむろん相思相愛なのだ。

「馬鹿としか思ってねえのか」

虎三がからかう。

「そうよ、大馬鹿者」

「もっと詳しく聞かせろよ、父っつぁんのこと」

「少し喜んで、少し悲しんでいた」

「なるほど、そいつぁ無理もねえ」

「どこで暮らす？」

「ここは引き払うぜ、もっと広い長屋を探すつもりだ」

「あんたのおっ母さんにはもう言った？」

「まだだ」

「言いなさいよ、早く」

「ああ……」

虎三は口を濁《にご》す。

虎三の母親のお勇《ゆう》は五年前に再婚し、浅草材木町《あさくさざいもくちょう》で暮らしている。相手の丑松《うしまつ》は桶《おけ》職人で、三人の連《つ》れ子《こ》がいた。どちらもつれあいに先立たれ、お蝶と虎三とおなじように、お勇と丑松も幼馴染みなのである。それにたがいのつれあいにも面識があって、お勇は連れ子たちを赤子《あかご》の時から知っていた。それでお勇はすんなり丑松の家に入ることができたのだ。虎三の下に妹がいたのだが、これはかなり昔に亡くなっていて、だから今の虎三は天涯《てんがい》孤独のような身の上になってしまい、飛脚稼業に邁進《まいしん》している。材木町を訪ねても、お勇は家事と子育てに忙しく、落ち着いて話ができず、自然と虎三の足は遠のいていた。

「ねっ、この間変な本見たの」

お蝶が話題を変えた。

「どんな」

「ほら、あれのこと大袈裟《おおげさ》に描いてある本」

「あれって、なんのこった」

わかっていながら、虎三がにやつきながらわざと聞く。するとお蝶は頬を脹《ふく》らませてぷいと横を向いた。

「艶本《えんぽん》だな」

「そう言うの？」

「つまり春画だ。そんなの見ちゃ駄目じゃねえか。むらむらしてきておかしくなるぞ」

「ならないわよ、男と違うんだから」

「それがどうした」

「唇を寄せ合っているの見て、いいなあって。してみたいなあって思ったの」

「今すぐしてやるよ」

「したことあるの？」

「む、昔、赤子にな」

「じゃ赤子だと思って」

お蝶が目を瞑《つむ》って唇を突き出す。

虎三はその肩を抱き寄せ、顔を重ねようとした。

その時である。

油障子に人のぶち当たる音がし、二人は慌《あわ》てて身を離した。

戸を開けて入って来たのは九女八《くめはち》だった。

「おや、あらまあ、お二人さんお揃いで」

九女八はぞろっとした派手な萌黄色《もえぎいろ》の羽織を着て、太鼓持《たいこも》ちのような仕草で身をくねらせ、上がり框《かまち》に腰を掛けると、

「そこのお兄さん、水を一杯おくれでないかえ」

と遊治郎《ゆうやろう》を気取って言った。

「なんだ、おめえ、酔ってんのか」

虎三が台所へ行って、瓶《かめ》から柄杓《ひしゃく》で水を汲《く》んで九女八に差し出した。

九女八はそれを喉《のど》を鳴らせて飲む。

お蝶と虎三は無言で見交わし、白けた表情をしている。

九女八もおなじ田原町の町内で育った二人の幼馴染みで、彼は三丁目の炭屋《すみや》の跡取り息子なのである。だが粋でいなせな虎三に比べて九女八はかなり見劣りのする男で、日陰に成ったうらなり瓢箪《びょうたん》のような顔をしている。

「蔵前《くらまえ》で飲みだして、それから深川《ふかがわ》へ行って三軒梯子《はしご》したのまでは憶《おぼ》えてるんだけど、どうにもそのあとが……大体誰と飲みに行ったのか思い出せなくて、もうどう

しようもありやせんね、あたしゃ」

そこで「ういっ、ひっく」としゃっくりをして、改めて二人を眺めると、

「ところで何してんの、二人で。怪《あや》しいな」

「怪しかないわよ、あんたってすぐそういう言い方するんだから」

お蝶が抗議して、

「九女八さんこそ何しに来たの」

「あたしゃ虎に会いに……けどおめえがいるんなら丁度いいや」

「何よ」

「おれ、今度店を継ぐことになったんだ」

「三助《さんすけ》さんはどうするの」

三助とは九女八の父親のことだ。

「まだ四十三なのに隠居してえらしいんだ。あの人趣味が多いからね、釣りや遊山《ゆさん》に明け暮れてえんだと。まっ、商いのことは大体わかってるから心配ないんだけどさ、そうなるってえと問題がひとつ」

「なんだ」

虎三があくびを嚙《か》み殺しながら言った。

「主《あるじ》となりゃひとかどだから、おれぁ嫁を貰わなくちゃいけねえでしょ。そこで折入って相談なんだけど、お蝶、昔のよしみで一緒んなってくれねえかな」

「あんたと？」

お蝶が甲高《かんだか》い声になった。

「そうそう、おめえなら器量よしだし、気立てもいいから申し分ねえと思っている。おめえだっておれのこと嫌《きれ》えじゃねえはずだ。どうだ、この話、有難く受けねえか、お蝶。炭屋の玉《たま》の輿《こし》だぞ。ああ、やっと言えたよ。こんなこと酒の勢いでも借りねえことにゃとても言えねえもんな」

お蝶と虎三は言葉を失い、同時にかくっとうなだれた。

「なんだよ、どうしたんだよ、二人とも。おれがやっと嫁貰う気んなったんで、喜んでくれてんのか」

虎三が申し訳ない顔を上げ、

「その逆だよ、悲しんでるんだ」

「えっ」

「おめえは昔からそうだけど、いつも一手遅いんだ。だからよ、すまなくってな」

「どういうこと」

「その話はこのおれが先に手を打ったのさ」

「まだよくわからねえんだけど、言ってる意味」

お蝶が意を決して、

「九女八さん、あたしたち、一緒になることにしたの」

「…………」

九女八が茫然《ぼうぜん》となった。

それを見て、またお蝶の観察眼が働いた。

(嫌だ、九女八ったら馬鹿面《づら》になっちゃってる。あたしのこと好きなのは知ってたけど、あたしは子供の時から虎三のお嫁さんになるって決めてたのよ。ご免なさい。そういうことだから堪忍《かんにん》して。つき合いは今後もつづくからよろしくね)

胸のなかで手を合わせた。

九女八は一気に酔いも吹っ飛び、その夜初めて青春の蹉跌《さてつ》を味わうことになったのである。

三

闇を切り裂いて白刃《はくじん》が走った。

骨肉の斬られる嫌な音がした。

袈裟《けさ》斬りにされ、ぐわっとのけ反《ぞ》ったのは七五郎だ。

「てめえ……」

虚空《こくう》をつかみ、七五郎が火を噴《ふ》くような目で相手を睨《にら》み据《す》えた。その手に十手が握りしめられている。

その相手は黒頭巾《くろずきん》を被った黒の着流しの浪人体《ろうにんてい》だ。頭巾の奥から、白目の多い蛇《へび》のような目が残忍に光っている。

そこは大川橋《おおかわばし》の河原で、青褪《あおざ》めたような月が暗い川面《かわも》を煌々《こうこう》と照らしていた。

「貴様、深追いするからいかんのだぞ」

若くない浪人の声だ。

「ふざけるな、てめえらのやってることたあ極悪非道《ごくあくひどう》じゃねえか。こんな悪事が罷《まか》り通ると思っていやがるのか」

「それが罷り通っておるから不思議よのう。貴様のような犬さえ嗅《か》ぎ廻《まわ》らねばな。冥土《めいど》へ行って悔やむがよいわ」

浪人が兇刃《きようじん》をふるった。

その白刃を猛然《もうぜん》と十手で弾き返し、血まみれの七五郎が突進してむしゃぶりついた。浪人の首を渾身《こんしん》の力で絞め上げる。河原に大刀がじゃらっと落ちた。

「むむっ、こ奴っ」

浪人が必死に防戦しつつ、たじろいだ。首を絞められ、顔を真っ赤にしている。

「く、くたばるんならてめえも道連れにしてやるぜ」

「おのれ、くそっ」

あがく浪人へさらに七五郎が力を籠《こ》める。二人が死力を尽くして揉《も》み合った。だが七五郎の動きが不意に止まり、呻《うめ》き声を上げてずるずると崩れ落ちた。

浪人が脇差《わきざし》を抜いて七五郎の腹を刺したのだ。

「し、死んでたまるかよ……」

這《は》いずり廻っていた七五郎が、

「お蝶っ」

ひと声娘の名を呼び、絶命した。

「ふん、下郎《げろう》めが」

浪人は大刀を拾い、血を拭って鞘《さや》に納め、そしていずこへともなく立ち去った。

四

下谷《したや》の寺町にある檀那寺《だんなでら》で、七五郎のとむらいは営まれた。

奉行所関係から浅草界隈《かいわい》の旧知の人々、そして更生した元犯科人《はんかにん》に至るまで、それやこれやひっくるめて百人ほどが集まり、とむらいは七五郎の人徳《じんとく》の深さが窺《うかが》われる盛大なものだった。

だがとむらいが盛大であればあるほど、七五郎の非業《ひごう》の死が無念でならず、それは参列した誰の胸にもおなじ思いを抱かせた。七五郎から恩義を受けた人や世話になった人が多く、啜《すす》り泣きは絶えることがなかった。

しかしひとり娘のお蝶は人前では一滴の泪《なみだ》も流さなかった。思わず泪が迸《ほとばし》りでたのは、三日前に七五郎の無残な死骸《むくろ》を目の前にした時だけだった。

歯を食いしばって悲しみに耐え、お蝶は気丈《きじょう》に喪主《もしゅ》をつとめた。

お父っつぁんの仇《かたき》を討ってから思い切り泣くことを決意し、泪は泪袋に溜め込んだ。

父親のような十手持ちではないから、下手人《げしゅにん》の捕縛《ほばく》は叶《かな》わぬものの、それだけに心の奥底では、

（殺してやりたい）

と思っていた。

下手人をどうしてくれよう、このままでは済まさない。

勝気な江戸っ子娘はそのことばかりを思い詰め、飯も喉を通らず、とむらいが済むと田原町の家に引き籠もった。

そしてお蝶は心落ち着かぬまま、布団も敷かずに畳に横になり、憎い下手人への怨念《おんねん》を滾《たぎ》らせつづけた。青畳の匂いが鼻をついた。七五郎は畳が古びるのを嫌ってよく畳替えをしていたのだ。青畳になると七五郎は喜色《きしょく》を浮かべていたから、今ではこの匂いさえなつかしいものに感じられた。

日が落ちて暗くなっても行燈《あんどん》に灯《ひ》を入れず、そうしてお蝶はいつまでも惚《ほう》けたように横たわっていた。

世界が死んだようにも感じられた。

格子戸が静かに開けられ、虎三が入って来た。とむらいの間、彼はずっとお蝶を支えつづけ、夜もろくに寝ずに働いてくれたのだ。闇に立ってじっとお蝶の様子を見ると、虎三は何も言わずに灯を入れた。

髷《まげ》を崩し、化粧っ気のない病人のようなお蝶の顔がそこにあった。お蝶は無言で顔を背《そむ》ける。

虎三は台所へ行って徳利《とっくり》と茶碗を持って来ると、お蝶の前にどっかとあぐらをかき、黙々と酒を飲み始めた。少し前まで七五郎が飲んでいた飲み残しである。しかし飲みたくて飲む酒ではなかった。それへ不意にお蝶が手を伸ばした。虎三が茶碗酒を差し出すと、お蝶は半身を起こしてそれを受け取り、無理に酒を呷《あお》った。途中でむせ返っても飲みつづけた。

それまで七五郎の晩酌のつき合い程度に飲んだことはあるが、こんな飲み方をしたことはなかった。濡《ぬ》れた口許《くちもと》を手で拭い、お蝶が空になった茶碗を突き出した。

虎三が黙って注《つ》いでやると、お蝶はまた一気に飲んだ。それを取り上げ、今度は虎三が飲む。

怒号するように雷鳴が轟《とどろ》いた。

篠突《しのつ》く雨が降ってきて、烈《はげ》しく屋根を叩いた。

稲妻《いなずま》がつづけざまに走った。

気温は下がり、凍《こご》えるほどだ。

お蝶と虎三は身を震わせるようにして見つめ合っている。

束《つか》の間《ま》、二人は浮世《うきよ》から離れたくなった。

お蝶はすっくと立ってみずから衣《きぬ》ずれの音をさせて帯を解《と》き、刺すような目で上から虎三を見た。

また稲妻が光り、美しい生《き》娘《むすめ》の貌《かお》を凄艶《せいえん》に照らしだした。脱いだ小袖がはらりと畳に落ちた。

五

祝言は棚上げのままだが、お蝶と虎三は嵐《あらし》の夜を境にしてより幸せな関係となり、そうなると片時も離れていられなくなった。

それで虎三は田原町二丁目の長屋を引き払い、一丁目のお蝶の家に転がり込んで新所帯を持つことになった。

だがその前に世間に認知して貰うため、虎三の母親のお勇、亭主の丑松、それからお蝶の親戚の叔父《おじ》や叔母《おば》たちを呼び、とりあえず身内だけで一席持った。

太《ふと》り肉《じし》のお勇は、二人の仲を諸手《もろて》を挙げて喜んでくれ、

「あたしゃ長いこと気が引けてたんだよ。自分だけ幸せんなって、伜《せがれ》を放っとくような母親がどこにいますかっての。よかったよかった、本当に嬉しいねえ」

と言って、それにかこつけ、丑松が止めるのも聞かずにがぶがぶと酒を飲んだ。

お勇は飲みだしたら止まらない酒豪なのである。逆に丑松は下戸《げこ》であった。

それでも丑松はめでたい席なのでほんの少しだけ飲み、顔を真っ赤にして、

「ともかく幼馴染みはいいもんだ」

と気炎を上げた。

そう言ったかと思うと、すぐにひっくり返って鼾《いびき》をかいて寝てしまった。丑松は図体がでかいので、帰る時は皆で担いで大変だった。

九女八は呼んだのに姿を見せず、お蝶と虎三は残念でならなかった。

とむらいの時もちらっと顔を見せただけで二人と目を合わさず、焼香《しょうこう》だけしてこそこそと逃げるように帰ってしまったのだ。お蝶への求婚が無残に打ち砕かれたのだから、九女八の心中《しんちゅう》察するに余りあるとはいえ、二人にはどうすることもできないのである。

ひがんで虎三を恨《うら》んでいるのかも知れないし、まさかお蝶の藁人形《わらにんぎょう》を作って呪《のろ》っているとまでは思わないものの、九女八という男は昔からそういうじけたところがあって、二人とも手を焼いたことを憶えていた。一旦そうなると、九女八は貝のように頑《かたくな》に心を閉ざしてしまうのである。

放っとこうよとお蝶が言い、虎三もそれにうなずいて、九女八のことはともかく、今はおれたちの暮らしの土台を築かねえといけねえなと言った。

そう言われると確かにその通りだから、お蝶は虎三がこの上なく頼もしく感じられ、うっとりと彼の横顔に見惚《みと》れたものだった。

差し当たって暮らしに困るようなことはなく、七五郎の残してくれた十両余の金で台所は潤沢《じゅんたく》だった。


しかしこの二、三日、虎三が町飛脚の仕事を終えてお蝶の家へ帰ると、時々彼女の姿がないことがあった。それでも間を置かずしてお蝶は帰って来て、ご免ねと言って急いで晩の支度《したく》にかかるのだが、虎三がどこへ行っていたと聞いても、お蝶は口を濁してはっきり言わないことが多かった。

その日も虎三が帰って来ると、家のなかは真っ暗で、お蝶はいなかった。

今日こそ問い糺《ただ》してやろうと、虎三は行燈の灯を入れ、炬燵《こたつ》に入ってお蝶を待った。

やがてお蝶が慌てたように帰って来た。

「ご免ね、おまえさん。近くでちょっと昔の知り合いに会って話し込んじまったものだから」

またいつもの似たりよったりの言い訳をして、そそくさと台所へ行こうとした。

「お蝶、ここへ座れよ」

「何よ、急いでご飯の支度しないと。それともおまえさん、先に湯に行くかい」

「座れって言ってるんだ」

「……」

お蝶は渋々といった様子で虎三の前に座ると、目を合わさないようにしている。

「この二、三日、おめえ何してるんだ。それをはっきり聞かしてくれねえことにゃ、おれは得心《とくしん》しねえぞ」

「……」

「このおれに言えねえようなことでもしてるのか」

沈黙していたお蝶がやむなく口を開いた。

「おまえさんを心配させたくなかったのよ」

「どんなこった、まず話してみろ」

「仇討《あだうち》」

「あん？」

「お父っつぁんを手に掛けた下手人、どうしても探しだしてやろうと思って。それであっちこっち、手掛かり求めて歩き廻ってたの」

虎三はあんぐり口を開けていたが、目を三角にして、

「だったらおめえ、なんだってこのおれに言わねえんだ。父っつぁんの仇討なら、こそこそやるこたあねえじゃねえか。娘のおめえがそう思うのは当然のこった」

「でもおまえさんにゃ仕事があるし、こういうことはこっそりやるもんだと思っていたから。そんなに怒らないでよ」

「水臭《みずくせ》えな、おれたちゃ夫婦なんだぞ」

「あたしって、まだぴんとこないのかしら」

「夫婦の実感がねえってか」

「そうなの」

「ままごとやってんじゃねえんだぞ」

「そうじゃないことはよくわかってんのよ。おまえさんが出掛けちまうと、すぐ恋しくなって泣いちまうこともあるの」

「馬鹿じゃねえのか」

そうは言っても悪い気はしないから、虎三の表情はたちまち弛《ゆる》んで、

「なあ、お蝶、どんなことでも二人でやってこうじゃねえか。一人で突っ走るのはよしにしろよ」

「じゃ、おまえさんも手伝ってくれるの？　仕事はどうするの」

「あんなもの……」

「大事な仕事でしょ」

虎三が押し黙った。

「違うの？」

「実は、そのう……」

虎三の歯切れが急に悪くなった。

「さっきの勢いはどうしたのよ。三州屋《さんしゅうや》さんで何かあったの」

三州屋とは、虎三の働く浅草花川戸《はなかわど》の飛脚問屋のことだ。

「それがな、どうにもよろしくねえのさ」

虎三が重い口を開いて言った。

「よろしくないって、どういうこと」

「潰《つぶ》れそうなんだよ、店が」

「あらあ……」

虎三の話によると、こうだ。

花川戸のおなじ町内に新興の飛脚問屋高砂屋《たかさごや》という商売敵《がたき》ができて、老舗《しにせ》の三州屋は商いを圧迫され始めているという。三州屋の飛脚は三十数人いるが、はとんどが三十代で、二十一の虎三が一番若く、平均年齢が高い。それに比べて高砂屋の飛脚は全員が若く、その分仕事が早いのだ。それに賃銀も三州屋より安くしている。どうしても客はそっちへ流れるから、三州屋はしだいに閑古鳥《かんこどり》が鳴くようになった。そうなると店の雰囲気も悪くなり、主は店の者や飛脚人足に当たるようにまでなった。

それで虎三の心も荒《すさ》み、仕事をしていても面白くないことが多い。主に人徳があって、店に義理でもあれば別だが、虎三としては忠義立てする気持ちはなく、未練もないのだという。

「じゃ、どうするの」

「はっきり言ってやめてえのさ」

「ほかに鞍替《くらが》えするってこと？」

「まさか高砂屋に行くわけにゃいかねえが、働き口はいくらでもある。実は明日にでもおめえに黙って店をやめるつもりでいたんだ」

「ふうん、そういうことなら仕方ないわね。あたしは反対しない。おまえさんが気持ちよく働ける所を探せばいいのよ」

「おめえにそう言って貰えると心丈夫《こころじょうぶ》だぜ」

「何言ってんの、夫婦じゃないの」

「夫婦の実感、ねえんだろう」

「あるわよ、ありますよ。おまえさんに毎晩抱かれて、あたしは虎三の女なんだって実感持ってるもの」

「毎晩抱かれてなんて、よくそんな恥ずかしいことを口にできるな。女も所帯を持つと変わるんだな」

「うふふ、そうなのよ、女は変わるのよ」

「それで、下手人の目星《めぼし》の方はどうなんだ」

虎三が気掛かりな顔を寄せてきた。

「ちょっと待って、その前にご飯にしよう」

「いけねえ、忘れてた。腹の皮が背中にくっつきそうだぜ」

「すぐ作るわ」

軽やかに席を立つお蝶の後ろ姿を眺めて、虎三は幸せな気分に満たされていた。

六

翌朝、お蝶と虎三は向き合って朝飯を食べていた。

武家の家庭では先に夫に食べさせ、妻は給仕に徹して食べるのはそのあとだが、彼ら庶民はこうして共に食べるのである。干物《ひもの》、納豆《なっとう》、漬物、味噌汁《みそしる》と、庶民にしては朝から豪華な献立《こんだて》だが、それは虎三を思えばこそのお蝶の情愛だった。

食べ終えた虎三が身支度をしながら、今日三州屋へ行ってやめることを伝えてくると言う。それをお蝶は黙って聞きながら、台所で洗い物をしている。虎三は職はすぐに見つかると言うが、新妻としてはこっちの思惑通りになるかどうか心配である。新所帯で亭主が職なしでは目も当てられないではないか。こういう時、女はどうしても男のように図太《ずぶと》くなれないものなのだ。

そこへ南町奉行所小者《みなみまちぶぎょうしょこもの》の使いが来た。

使いの者は、伊沢《いざわ》様が十手の返上をご命じであると言う。

伊沢というのは吟味方与力《ぎんみかたよりき》の伊沢仙十郎《せんじゅうろう》のことで、長年に亙《わた》り、七五郎に格別目をかけてくれた恩ある人だった。ところが小者が言うには行く先は奉行所ではなく、不忍池《しのばずのいけ》近くの丸庵《まるあん》という蕎麦屋《そばや》だという。

それを聞くとお蝶は面食らい、一人では心許《こころもと》ないので虎三も同行することになった。三州屋へはその帰りに行くと虎三が言う。伊沢に会うのは、とむらいの日は別として、その後二人が一緒に暮らし始めて間もなく、八丁堀《はっちょうぼり》の伊沢の組屋敷へ行き、門前で揃って挨拶をして以来であった。

それで夫婦は上野《うえの》へ向かった。

七五郎の血のついた十手は袱紗《ふくさ》に包み、お蝶がその手に持っている。七五郎の怨《うら》みの籠もった十手なのである。

丸庵へ行くと、二階の小座敷に通され、そこに伊沢仙十郎はいた。

伊沢は六十を過ぎた老齢で、痩身《そうしん》ながらも矍鑠《かくしゃく》として眼光の鋭い男だ。だが厳《いか》めしい顔つきとは別に伊沢は世情《せじよう》に通じており、酸《す》いも甘いも嚙み分けた苦労人で、お蝶のことは幼い頃から知っていた。奉行所を抜けて来たらしく、堅苦しい羽織、袴姿《はかますがた》である。

「おまえたち、まだ祝言を挙げんのか」

開口一番、伊沢にそう言われ、お蝶は表情を引き締めて、

「お父っつぁんの仇《かたき》が無事捕まりましたら、式を挙げるつもりでおります。祝言のその時には伊沢様も是非《ぜひ》ともお招きさせて頂きますので」

「むろんそのつもりじゃが、下手人が捕まらなかったらどうする」

「そ、それは……」

言葉に詰まり、お蝶は袱紗包みの十手を差し出して、

「まずはこれを、お返し致します」

伊沢は包みを解いて十手を手にし、つくづくとそれに眺め入った。

「さぞ無念であったろうな、七五郎は」

それにはお蝶も虎三も黙っている。

「よし、確かに十手は上《かみ》へ戻された。しかるにお蝶、改めてこれをおまえに下げ渡

したいが、どうだ」

お蝶が怪訝《けげん》な顔になった。

「十手を拝領《はいりよう》せよと申しておる」

「どういうことでございますか、伊沢様」

「それで父親の無念を晴らすがよい。十手があらば大っぴらに動けるではないか。またそのことは元より、以後も十手持ちとして上のために働かぬか」

お蝶は動転《どうてん》した。

「あ、あたしに岡っ引きになれとおっしゃるんですか」

「そうだ、女目明《おんなめあか》しの誕生じゃな」

伊沢は愉快そうだ。

虎三が慌てたように膝を進めて、

「伊沢様、ちょっとお待ちんなって下せえやし。お蝶が男ならともかく、十手持ちは女の身で務まる仕事じゃござんせんぜ」

「重々承知の上だ。それを虎三、おまえが助けるのだ」

虎三は急に自分にも火の粉が降りかかってきたような気分になって、

「い、いえ、あっしにゃ飛脚の仕事が……」

「傾きかけたあんな店などやめてしまえ」

横暴《おうぼう》なことを、伊沢は笑みを含んだ目で言う。

「どうしてそれをご存知なんで」

虎三がお蝶と見交わし、二人は唖然《あぜん》として伊沢を見た。三州屋のことはすべて調べ済みなのだ。虎三は何もかも伊沢に見透かされているような気がした。

「わしはなんでも知っている。それでのうては吟味方与力など務まらぬわ。その上で頼むのだ。夫婦で十手持ちになれ」

伊沢が傍らに置いた長細い桐《きり》の箱から、新たな銀ぴかの十手を取り出し、それを虎三に差し出した。

「虎三、これがおまえの十手だ。日々、磨きをかけるがよい」

虎三が困り果てて、

「いえ、まだそうと決まったわけじゃあ……少しばかり考えさして下せえやし、伊沢様」

「何を考えることがあるのだ。よいか、二人とも、これは七五郎の遺言《ゆいごん》でもあるのだぞ」

「お父っつぁんの遺言ですって？」

お蝶が驚きの目を剝《む》いた。

「うむ、今となっては遺言じゃな。七五郎は以前わしにこう申したことがある。岡っ引きの仕事はいつも危険と背中合わせゆえ、先々どうなるか知れん。もしわが身に何かあった時、お蝶に十手を授けてやってくれとな。おまえには女だてらに岡っ引きの素質があるそうな」

「お、お父っつぁん、そんなことあたしに言ったことはただの一度も」

「言わずとも七五郎はおまえのことをよく見ていたのじゃよ。お蝶はものごとの目《め》端《はし》が利いてすばしっこく、相手の様子を探ることに長《た》けている。探索をやらせたらきっと抜きん出るであろうとな。それに幼馴染みの虎三、おまえの腕も七五郎は買っていたのだぞ」

「あっしは父っつぁんにそれほど可愛がられたわけでも……正直、おっかなくて近寄れなかったんで。あっしの腕とは、なんのこってす」

「尋常な者には到底かなわぬ、おまえのその卓越《たくえつ》した足だ。飛脚ゆえに当然であるな。しかもおまえたちは夫婦になった。女房があらくれを相手に捕物をするそばで、おまえは知らん顔をしていられるか」

「へい、そ、そいつぁ確かに……」

「お蝶が岡っ引きになったなら、虎三もかならず助けると七五郎は踏んでいた。その通りになったではないか」

伊沢が莞爾《かんじ》として笑った。

二つの十手を前にして、夫婦は茫然としている。上からの下命《かめい》では、断るわけにはいかなかった。

七

「おまえさん、あの人よ、間違いないわ」

町辻の陰から覗いていたお蝶が、客を送って店の表に出て来た主を見て、横にいる虎三へ興奮気味に言った。

それは以前、お蝶が虎三と一緒になりたいと七五郎に打ち明けた晩、訪ねて来た日本橋の伊勢屋と名乗る男だった。それをやっと見つけたのだ。

場所は日本橋大伝馬町《おおでんまちよう》一丁目の目抜きで、その伊勢屋は呉服屋であった。主の名は宇兵衛《うへえ》という。伊勢屋宇兵衛のことを虎三に告げる前、お蝶は足を棒にしてたった一人で探し歩いていたのだ。江戸中に伊勢屋という屋号は箒で掃くほどあり、その数十軒目にしてようやく得られた僥倖《ぎようこう》だった。

あの晩とおなじように、伊勢屋宇兵衛の顔色は優れず、悩みでも抱えているような様子だ。

その宇兵衛と七五郎の死になんらかの関わりがあるのではないかと、お蝶はそう思えてならないのだ。

虎三は宇兵衛が店のなかへ戻るのを見ながら、

「それでどうするんだ、お蝶。表から踏み込むとするかい。何せこっちにゃこれがあるからな」

ふところに呑んだ十手をちらっと見せ、何かが疼《うず》くような顔でお蝶に言った。虎三にとっては十手は百万の味方と思っているから、その威力を行使したくてたまらないようだ。すでに虎三は三州屋をやめ、伊沢仙十郎に押し切られるままに、岡っ引き稼業に専念していた。

お蝶はまるで子供に十手を与えたようだなと思いながらも、

「待って、よっく考えるから」

「何を考えることがある。やっと見つけた伊勢屋宇兵衛じゃねえか。さっさと話を聞きに行こうぜ」

「だけどあの人が事件に関わりがあるかどうか、わからないじゃない」

「それを聞きに行くんだよ。関わりがなかったらまた振り出しに戻って一からやり直しだ。ともかくあの伊勢屋が父っつぁんにどんな相談事をしたのか、それを聞かねえことにゃ埒《らち》が明くめえ。新米のおれたちゃ、喧嘩犬《けんかいぬ》みてえに前に突き進むしかねえんだぞ」

お蝶は虎三の勢いに呑まれながら、

「わかった、じゃそうしよう」

決断はしたものの、お蝶は腹の内で、

(この人のこういうところも、お父っつぁんは見抜いていたのかしら。なんだかあたしよりも岡っ引きに向いていそうよ、虎ちゃん)

伊勢屋宇兵衛は奥の間でお蝶、虎三と相対するや、戸惑いと困惑を隠し切れずに、

「さ、左様《さよう》でございますか、あの時の娘さんが親分の跡を継いで……大変な稼業かと思いますので、どうかしっかりお励みなさいましよ」

「有難う存じます」

そう言っておき、お蝶は本題に入って、

「そこで伊勢屋さん、あの晩のことをお聞きしたいんですけど」

「あの晩のこと、と申しますと……」

宇兵衛は少なからず動揺している。

「お父っつぁんにどんな相談事があって参られたんですか。それをお尋ねしたくって、おまえさんをずっと探していたんですよ」

「そう言われましても……」

宇兵衛は表情を暗くし、困惑の視線をさまよわせていたが、

「あ、そうでした。以前に無法者《むほうもの》に絡まれたことがございましてな、そのことで七五郎親分にご相談を。でもその件はもうかたがつきましたんで、今はなんの問題

も」

「どうしたんですね、その無法者とやらは」

虎三が半信半疑の目で聞いた。

「そ、それは、別の親分さんに話をつけて貰ったんです。だってその後七五郎親分があんなことになっちまったんですから、仕方ございませんよね」

お蝶は無言で、宇兵衛の観察をしている。

(嘘をついている、この人。無法者の話なんてとっさの作り話に決まってるわ。あたしたちに言えない秘密を抱えている。膝に置いた両手を握りしめているのがその証《あかし》よ。あの手はきっと汗ばんでいる。本当は正直な人なのね。でも無理ないわ、いきなり降って湧いたようなあたしたちに大事な秘密をべらべら喋《しやべ》るわけないもの)

「それじゃ伊勢屋さん、その無法者の名めえと別の親分さんとやらの名めえ、教えて貰えやせんか」

虎三が言うと、宇兵衛はみるみる狼狽《ろうばい》し、頑な態度になって、

「それは言えません、勘弁して下さい。もう済んだ話ですから思い出したくもない

んでございますよ。どうかこのままお引き取りを」

八

伊勢屋の前に甘味処《かんみどころ》があり、そこの二階の小部屋にお蝶は陣取っていた。伊勢屋宇兵衛の秘密を嗅《か》ぎ出そうと、お蝶と虎三は店を見張ることにしたのだ。二階は店ではなく住居だが、お上の御用《ごよう》だからということで、日の暮れまで借り受けることにした。こういう時十手の効力は絶大で、お蝶は初体験ながら感心した。店側が気遣ってくれ、次から次へと餅菓子《もちがし》や汁粉《しるこ》が出てくるのには閉口したが。

小部屋の窓から、そうしてお蝶は向かいの店を見下ろしている。

とんとんと梯子段を上がってくる足音が聞こえ、虎三が入って来るなり聞いた。

「なんか動きはあったかい」

「ううん、何も。そろそろ店仕舞《みせじま》いなんじゃないかしら。小僧さんが店の表で片付けを始めたわ。あたしたちもここを出ないといけないわね。そっちは何かわかった？」

虎三は町内の自身番《じしんばん》へ走って、伊勢屋のことを調べに行っていたのだ。

「その伊勢屋ってのは分《わ》け店《だな》で、本町一丁目の伊勢屋が本店《ほんだな》だったんだ」

前の伊勢屋を目でうながしながら、虎三が言った。

「んまあ、本町の伊勢屋さんていったら、この江戸でも十本の指に入る大店《おおだな》じゃない。つまり宇兵衛さんは本店に長年奉公して、暖簾《のれん》分けして貰ったってわけなのね」

「そういうこった。分け店はほかにもおなじ日本橋にあと四軒ある。宇兵衛さん所もそうだが、みんなそこそこの上がりがあって立派にやってるってえ話だぜ」

「それじゃ宇兵衛さんはどうしてあんなに元気がないの」

「わからねえ、商いとは別の事情でもあるんじゃねえのか」

「ううん、あたしはそうは思わない。きっと商いに根ざした何かがあるはずよ」

「そう言われたって、おめえ……」

そこで虎三はお蝶の冷えた茶をがぶりと飲んで、

「実はめえから聞こうと思ってたことがあるんだがよ、お蝶」

「何よ、こんな時に」

「ふつう岡っ引きと名がつきゃ下っ引きの五人や十人は抱えてるはずだよな。まして《》や父っつぁんみてえな力のある岡っ引きなら当然のこった。それがどうして一人もいねえ。そこんとこ不思議だと思ってたんだ」

「ああ、そのことね……前はいたのよ、それこそおまえさんが言うように十何人」

「どこ行っちまったんだ、みんな」

「馘《くび》にされたの」

「どうして」

「お父っつぁんが厳しいからよ。厳し過ぎたのよ。下っ引きの人ってみんな生業《なりわい》持ってるから、どうしたってそっちにかまけたりして捕物がおろそかになることがあるでしょ。そうするとお父っつぁんは烈火の如く怒って、仕事に身が入らねえ奴はいらねえって。それでみんな、ちょん」

「なるほど、父っつぁんらしいな」

「あたしも間に入ってお父っつぁんを諫《いさ》めたこともあるわ。でも駄目、一度言いだしたら聞かない人だったから」

お蝶がしょぼんとなって、

「でも今となってはそんなこともなつかしいわ。鬼瓦《おにがわら》みたいに怒るお父っつぁんって、あたし嫌いじゃなかった。とても男らしく思えたわ。お父っつぁんの言うことも一理あるのよ」

「わかるぜ、おれなら食らいついていくけどな。まっ、今さら言っても詮《せん》ねえこった」

その時、表に目をやったお蝶がせわしなく虎三を小突《こづ》いた。

虎三も覗くと、上等の身装の若旦那風が来て伊勢屋へ入って行き、それを迎えた店の者たちがぺこぺこしているのが見えた。

「何者かしら」

「どう見たってご大家《たいけ》の若旦那だな、ありゃあ……」

虎三の意見に、お蝶もうなずいた。

甘味処を引き払った虎三が町辻から伊勢屋を見張っていると、聞き込みに行っていたお蝶が戻って来た。

「どうだ、わかったか、若旦那の正体は」

「大変な人だったわ。あれは本店の若旦那で清吉《せいきち》という人なんだって。小僧さんに聞いたんだけど、みんなぴりぴりしていた。よく来るらしいわ」

「本店の若旦那なら無理もねえなあ」

それから小半刻《こはんとき》（三十分）もしないうちに清吉が店から出て来て、足早に立ち去って行った。

虎三がそれを見送って、

「もう行こうぜ、お蝶。本店の若旦那が分け店に用事があって来ただけだろう。別に怪しむこっちゃねえや」

だがお蝶は不審な表情になっていて、

「でもあたし、なんかひっかかる。あの若旦那の行く先を知りたいわ」

「だったらそいつぁおれに任しな。おめえはけえって飯の支度をしてくれ」

「おまえさん一人で大丈夫？」

「おれを見損《みそこ》なうなって」

お蝶をそこへ残し、虎三は清吉の後を追った。

九

お蝶が晩飯を食べずに待っていると、虎三は五つ（午後八時）を過ぎる頃にようやく帰って来た。

それですぐに飯の支度をすると、飲まず食わずだった虎三はお蝶と共に飯にかぶりついた。

「どうだった、おまえさん」

お蝶が聞くと、虎三は手を横にふって、

「そいつぁあとだ、飯がまずくなるような話だからよ」

しかし食べ終えても虎三は話さずに湯へ行ってしまい、その間にお蝶は片づけものを済ませ、布団も敷いて亭主の帰りを待った。

そうして虎三は湯上がりの顔をさっぱりさせると、お蝶と炬燵《こたつ》に向き合って酒を飲みながら、

「おめえ、いい勘してるぜ」

と言い、若旦那の清吉の行く先について語りだした。

清吉は本町の本店に戻るわけではなく、両国広小路《りょうごくひろこうじ》近くの米沢町《よねざわちょう》一丁目の大きな料理屋へ入って行ったという。

「なんという料理屋？」

「橘屋《たちばなや》ってんだがな、清吉は料理を食いに行ったわけじゃねえのさ」

「じゃ、何？」

「これだよ」

虎三が壺《つぼ》をふる手真似《てまね》をして、

「橘屋の離れが賭場《とば》んなっていて、そこはいい旦那衆ばかりが集まる上等な賭場だったんだ」

「博奕《ばくち》好きなのね、清吉は」

「はまってるみてえだぜ。三日にあげず来るって話だ」

「それ、誰に聞いたの」

「張り番の三《さ》ん下《した》だよ」

「まさかおまえさん、十手を」

「そんなもの見せやしねえよ、あくまで通りすがりを装っておいたぜ」

「よかった」

お蝶が胸を撫《な》で下ろし、

「おまえさんは博奕はやるの？」

「やらねえこともねえが、あんな上等な賭場とは縁がねえな。こちとらほんの可愛い手慰《てなぐさ》みよ」

お蝶はそれがいいわよと言っておき、

「清吉が宇兵衛さんの所へ立ち寄ったの、なんか意味がありそうね」

「こいつぁおれの想像だがよ、宇兵衛さん所で賭場の軍資金を調達させたんじゃねえのかな」

「そりゃ、本店の若旦那に言われたら断れない立場だわ」

「それが度重《たびかさ》なってるのかも知れねえよ。そうなると宇兵衛さんの元気のねえのも得心がいかあ。折角《せっかく》稼いだ金を召し上げて行くんだからな。それも利息《りそく》だって取れやしねえ。たまったもんじゃねえだろうぜ」

「でも大店の若旦那が博奕にはまってるだけじゃ事件にならないわ。お父っつぁんが殺されたこととはつながらないんじゃない」

「そうとも言い切れねえぜ、お蝶」

「まだ何か？」

「賭場をやってるのは丹頂屋《たんちょうや》なんだよ」

「聞いたことないけど」

「おれぁ知ってるんだ。丹頂屋が使いを頼むのは地元の飛脚問屋だけど、その飛脚仲間の横のつながりから丹頂屋の名めえはおれの耳にもへえっていた。いついつ賭場を開くってえ知らせを、丹頂屋は飛脚を使って旦那衆に出すのさ」

「その丹頂屋ってなんなの、商人なの？」

「やくざに決まってるじゃねえか。表向きはそういう屋号で世間を通ってるが、店を持って商いをしてるわけでもなんでもねえ。薬研堀《やげんぼり》にどでけえ家を構えて、何百ってえ子分を抱えた丹頂屋芥子蔵《けしぞう》は大親分よ」

「ふうん、丹頂屋芥子蔵ねえ……お父っつぁん、そこへ足を踏み入れちまったのかしら」

「ああ、あるいはな……そこで見ちゃいけねえもの、聞いちゃならねえことを耳にしたとも考えられるぜ」

「丹頂屋の親分って、どんな奴なの」

「これが滅多に表に面を見せねえんだよ。けど噂じゃ大層怖《たいそうおそろ》しい奴だって言われている」

「ああっ、どうしよう……」

お蝶が急に心細げな表情で、虎三に訴える目になった。

「なんだ、どうした」

「嫌だわ、あんたがお父っつぁんの二の舞にでもなったら」

不安に身を揉《も》むお蝶なのだ。

虎三はそんなお蝶が可愛くなって、

「よっ、そろそろ行燈を消してもいいか」

「うん、あたしもそうしようと思ってたの。よくわかるわね」

「以心伝心《いしんでんしん》てえやつよ」

「早く消して」

行燈の灯が消えて真っ暗になると、お蝶の甘い吐息《といき》が漏れ始めた。

十

そのおなじ夜。

寝静まった伊勢屋の奥の間で、宇兵衛がたった一人で箱膳《はこぜん》の酒を舐《な》めていた。しこたま飲んだらしく、宇兵衛の顔は赤黒く、しかもなぜか目は空《うつ》ろで、陰々《いんいん》滅々《めつめつ》とした酒なのである。

それが一点をじっと見据《みす》え、口のなかで何やらぶつぶつと唱えている。よく聞くとそれは、紀州《きしゅう》(和歌山県)の「道成寺《どうじょうじ》」と題する手毬唄《てまりうた》だ。

「ここから鐘巻《かねまき》十八町　六十二段の　階《きざはし》を　登りつめたら仁王《におう》さん　左に唐金手水《からかねちょうず》鉢《ばち》　右は三階塔の堂《どう》　護摩《ごま》堂に釈迦《しゃか》堂に念仏《ねんぶつ》堂　弁天《べんてん》さんにお稲荷《いなり》さん　裏へ廻れば一寸八分の観音《かんのん》さん　牡丹桜《ぼたんざくら》に八重桜《やえざくら》　七重《ななえ》に巻かれてひと廻り……」

宇兵衛はその目に微《かす》かな泪を滲《にじ》ませ、哀れなほどのかすれ声で唄っている。

紀伊国高野山《きいのくにこうやさん》寺領の古佐布村《こさふむら》を出て、伊勢屋の総本店に八歳で丁稚《でっち》奉公に上がった宇兵衛は、その頃の名を粂松《くめまつ》といい、生来の利発《りはつ》なところを見込まれて早くも十三で手代《てだい》に取り立てられた。通常、手代になるのは十五、六なのだ。それと同時に彼は江戸の本店へ栄転となり、そこで二十年目にして五番番頭に昇格した。あとはとんとん拍子《びようし》に出世の階段を上がり、三十九で大伝馬町一丁目に暖簾分けがなされ、伊勢屋分け店の主の座に就《つ》いたのである。五番番頭になった時に遅い婚礼をし、その後二人の子にも恵まれた。伜と娘はまだ年少で、子煩悩《こぼんのう》な宇兵衛は目のなかに入れても痛くないほどの可愛がりようだった。五つ下の女房との夫婦仲もよく、これまではなんの不足もない人生だった。

朴訥《ぼくとつ》とした声で手毬唄を唄いつづける宇兵衛の膝元に、たらあっとゆっくり、静かに大量の血が流れてきた。やがてそれは宇兵衛の身の周りを包むようにし、血の海が広がり始めた。

彼の背後には、喉を突かれた女房と二人の子供の死骸が横たわっていたのだ。

「ここから鐘巻十八町　六十二段の階を　登りつめたら仁王さん　左に唐金手水鉢……」

唄いつづけ、やがて宇兵衛は近くに置いた出刃包丁《でばぼうちよう》に手を伸ばし、その刃先をためらうことなく喉に向けたのである。

十一

「かあっ」

大声で呻くようにし、家へ帰って来るなり虎三が畳に大の字になってひっくり返った。

お蝶も疲れ切った顔でぺたんと横座りだ。

次の日の、もうたそがれ刻《どき》である。

朝から奉行所小者が血相《けっそう》変えてやって来ると、大伝馬町一丁目の伊勢屋へ来てくれと言った。

伊勢屋宇兵衛が、家族を道連れにして一家心中《しんじゅう》を図ったのだ。

その伝令はむろん吟味方与力伊沢仙十郎の差配《さはい》で、伊勢屋に伊沢の姿はなかったが、その代り伊沢の意を受けた定町廻《じょうまちまわ》り同心が夫婦の前に現れた。

松下敬四郎《まつしたけいしろう》と名乗り、三十前であばた面がぶつぶつとしてがんもどきのような顔つきの男だったが、気さくな人柄らしい一方、気鋭の感じはした。

しかしお蝶と虎三は松下どころではなく、家へ入るなり心中現場の奥の間へ走った。そして家族四人の惨劇を目《ま》の当たりにし、愕然《がくぜん》となって、夫婦共に口を利けなくなった。こんなむごたらしい死屍累々《ししるいるい》を見るのは、二人とも生まれて初めてだったのだ。

「覚悟の上の自害のようだが、書き遺《のこ》したものはまだ見つかっておらん。何かよほどのことでもあったのであろうな。殺害はすべて主の手によるもので、女房と子たちに逆らった様子はない。まっ、押込み兇状《きようじよう》の類《たぐい》ではないのでほっとしてはいるが、しかしこれはあまりにひどい」

説明する松下の声も耳に入らず、お蝶と虎三は片隅に避難するようにして、役人たちの動きを惚けたように見守っている。他の同心や小者たちも家のなかを歩き廻っていて、奉公人らはどこかの一室に集められているようだ。奉公人の誰かが啜り泣く声も聞こえている。

やがて検屍《けんし》の医師や他の役人たちが引き上げると、家のなかは少し静かになった。

松下はお蝶と虎三を呆《あき》れ顔で見て、いきなり叱責《しつせき》した。

「おまえたち、いい加減にせぬか。そりゃ新米の岡っ引きであることは重々承知だが、伊沢様に面倒を見てやれと言われた手前、おれも知らん顔はできん。そんな所に縮こまってないで、死骸を間近で見て、手で触れ、まずは仏の心中を察してやれ。初めての事件のようだが、そこから第一歩を始めたらどうだ」

その言葉にお蝶は目が覚めたようになり、弾かれたように立ち上がると、

「そうです、その通りでした。あたしたち、だらしなかったです」

虎三も同時に立って、

「お、恩に着ます、松下様。これからもひとつよろしくお願《ねが》え致しやす」

恐縮してぺこぺこした。

「いいからおまえさん、こっちへ」

お蝶に言われ、虎三は共に宇兵衛の死骸に屈《かが》み、二人して手を合わせた。

血まみれの無残な姿だったが、宇兵衛は何かから解放されたかのような、それは安らかな死に顔をしていた。

お蝶がそっと手を伸ばし、恐る恐る硬く冷たくなった死者の手を、無言で握った。

次いで虎三もやはり無言で、宇兵衛の乱れた髷を直してやった。夫婦は険しく、突き刺すような視線を絡ませ合った。

「自分だけが死ぬのが忍びなくってよ、宇兵衛さんは家族を道連れにしたんだぜ。よほど追い詰められていたに違《ちげ》えねえ」

虎三が大の字から半身を起こし、やるせない溜息と共に怒りを吐き出すようにして言った。

お蝶は一点を烈しい目で凝視して、

「あたし、許せない……正直にやってる人が馬鹿を見るのは絶対に許せないわ。宇兵衛さんにはどうしても死ななくちゃいけないわけがあったのよ」

「お蝶、やってやろうじゃねえか、宇兵衛さんのとむらい合戦をよ。おめえがやらなくてもおれ一人でもやるぜ」

「……」

お蝶は冷たい怒りの目でうなずいた。

十二

日本橋新乗物町《しんのりものちょう》にある伊勢屋の分け店で長いこと待たされ、本店の若旦那清吉はしだいに不機嫌になってきた。

夕暮れを迎えて店は立て混んでいて、清吉のいる客間にもその喧騒《けんそう》は聞こえてくる。

それでも女中が気を遣って、二杯目のお茶を持って来た。無言で会釈だけして、若い女中は急いで立ち去ろうとする。

「平八《へいはち》は忘れてるんじゃないかえ、わたしが来てるのを」

主を呼び捨てにし、冷酷そうな顔つきの清吉が口許を皮肉に歪《ゆが》めて言った。

女中はおどおどとして畏《かしこ》まり、

「いいえ、そんなことありません。折悪くお客様が重なってしまいまして、それに大伝馬町の方の通夜も行かないといけないので、旦那様はてんてこ舞いなんです」

色白の女中は頬をひきつらせて言うが、清吉にはそれが初々《ういうい》しく見えたのか、

「おまえ、男は知っているのかね」

淫《みだ》らな目つきで言うと、女中は意味がわからずにきょとんとしている。

「あれをしたことはあるのかって聞いてるんだよ」

「そ、そんな、なんのお話か……」

生娘に意味の通じないのがまた愉《たの》しくて、

「どうだ、わたしが教えてやろうか」

清吉が女中を覗き込むようにして言った。

「何をですか」

「あれだよ、あれ。おまえを抱いてやろうと言ってるんだ」

女中は真っ赤になって、

「途方もないことを、お許し下さいまし」

逃げるように立ち去る女中を、「待ちなさい」と清吉が呼び止めるところへ、主の平八が急ぎ足で入って来た。宇兵衛と似たような年格好で、実直そうな男だ。

「どうも、清吉様。人変遅くなりまして」

平八が清吉の前に叩頭《こうとう》する。

「おまえの所は女中の躾《しつけ》がなってないよ」

「あ、はい、何分山出しなものですから、ご勘弁を」

「客は引けたのかね」

「ええ、なんとか。これから宇兵衛さんの通夜に行かなくちゃなりません。よろしかったらご一緒しましょうか、若旦那様」

「わたしは行かないよ」

「へっ？　そのことでお見えになられたのでは……」

「嫌いなんだよ、通夜とかとむらいとか。意味がないじゃないか、死んだ人は戻らないんだからね」

「でもございましょうが、宇兵衛さんは特別伊勢屋のために働きのあった人でございますよ。御三家筋に道をつけたのはほかならない宇兵衛さんじゃありませんか」

「奉公人が伊勢屋のために働くのは当然のことだろう。だから暖簾分けして分け店を与えてやったんだ。文句が出るのはおかしいよ」

「い、いえ、文句などは……」

そこで平八は清吉の顔色を窺いながら、

「それでは今日ここへお見えんなったのは、どういうご用件で」

「少しばかり用立ててくれないか」

「いかほどでございますか」

「そうさなあ、百両もあればいいかな」

金高《かねだか》を聞くと、平八は表情を引き締めて、

「百両も、なんにお使いになられますので」

「そんなことはおまえに言う必要はない。本店のわたしがここへ来て百両用立てろと言ってるんだから、黙って出せばいいのさ」

押し黙り、平八は考え込んでいる。

「どうしたんだ、高々百両がないとは言わせないよ」


「若旦那様、そのお話でしたらお断り致したいのですが……」

平八が迷いながら言うと、清吉は心なしか顔を青くし、

「平八、おまえ、正気で言ってるのか」

「実はそのこと、亡くなる前の宇兵衛さんからも漏れ承《うけたまわ》っておりました。若旦那様に店の金をご用立てしたところ、それがもう五百両にもなっていると……本当のことなんでございますか」

清吉は何も言わないでいる。

「念のために亀井町《かめいちょう》にも聞きますと、やはり若旦那様に大枚《たいまい》を……」

亀井町というのも、日本橋にある伊勢屋の分け店のことだ。

「けどうちにはそんなご用立てするような金子《きんす》はないのでございますよ。どうか、それをおわかり頂きたいのですが」

「おい、平八、わたしにそんなこと言っていいのかね」

清吉が居丈高《いたけだか》になって言う。

「申し訳ございません、ない袖はふれないものですから」

平八は平身低頭だ。

すると清吉は急に冷やかな態度になって、

「わかった、それならもういい。結構だ」

「えっ」

「うちのお父っつぁんが病いで倒れたとたんに、おまえたちはそうやって手の平を返すんだね」

「いえ、そういうわけでは」

「実はね、百両は新しい伊勢屋を出す資金のつもりだったんだ。けどもうおまえには頼まない。その代り伊勢屋の暖簾は返して貰うからね」

平八が慌てて、

「とんでもない、そんなことをされたらたちまち商いは立ち行かなくなってしまいます。伊勢屋の看板があってこそなんでございますから」

「知ったことか。明日から別の屋号で商いをしておくれ。伊勢屋の名前を使うことは金輪際《こんりんざい》許さないよ」

「待って下さい、待って下さい、どうかそれだけはご容赦《ようしゃ》を」

「だったらわたしの言う通りにするしかないんじゃないのか、平八」

「………」

「どうなんだ」

暫《しば》しの沈黙の後、平八は重い声で、

「……はい、わかりました、ではすぐにご用立てを」

平八が少しお待ちをと言い、うなだれて客間から出て行くと、清吉はふてぶてしい笑みを浮かべて、

「ふん、手こずらせやがって……はなっから黙って出しゃいいいんだよ」

性悪《しょうわる》な科白《せりふ》を吐いた。

この頃の暖簾分《のれんわ》け制度のなかのこのような関係では、人権というものはなきに等しいのである。

十三

両国広小路に近い横山町《よこやまちょう》の裏通りにその飯屋はあり、昼下りの今は客もまばらで、そこへお蝶、虎三が近づいて来た。

二人は店内には入らず、小窓越しに覗き見ると、奥の小上がりでこっちに背を向けて酒を飲む浪人者の姿が見えた。

「あの浪人だよ、お蝶」

虎三にうながされ、お蝶は目を細くして眺め、

「若くないけど、でもなんだか強そうじゃない」

「なに、どうってことねえさ。浪人ってな見かけ倒しが多いからな」

「あいつが臭いのね」

虎三がうなずき、

「苦労したぜ、やっと聞き出したんだ。奴は丹頂屋に雇われて汚ねえ仕事ばかりを引き受けてるらしい」

「どんな仕事？」

「人を脅したり疵《きず》つけたりよ。へたしたら人殺しもやってるかも知れねえ」

お蝶がさっと緊張の顔になって、

「だったら、お父っつぁんを手に掛けた下手人かも知れないのね」

「あり得るぜ」

「それ、どうやって白状させる」

「おれたちで捕まえて、拷問《ごうもん》にでもかけてやるか」

「よくないわよ、それは。拷問は嫌い」

「ほかに手はあるか」

お蝶が思案するところへ、背後に気配がした。

「そうねえ……」

二人がふり返ると、定町廻り同心の松下敬四郎が立っていた。

「松下様……」

驚くお蝶に松下がしっと口に指を当て、二人を目顔でうながした。

そして人けのない材木置場へ来ると、

「おまえたち、何ゆえあの男を見張っているのだ」

松下の問いに、虎三が答えて、

「丹頂屋の用心棒やってる男なんで、叩けば埃《ほこり》が出るんじゃねえかと。もしかして七五郎親分を手に掛けた奴かも知れねえと思いやしてね」

そう言って、お蝶と見交わした。

「七五郎とはおまえの父親のことだな」

お蝶が「はい」と言ってうなずく。

「松下様も奴に目をつけていたんですかい」

虎三が聞くと、松下は仔細《しさい》らしくうなずいて、

「あの浪人者は平尾東蔵《ひらおとうぞう》と申し、数ヶ月前からおれが狙いをつけていた。奴を叩いて丹頂屋の悪行《あくぎょう》を暴いてやろうと思ってな。ところが平尾はゆんべ遂に犯科に及んだ」

二人が同時に松下に寄って、

「何をやらかしたんで？」

虎三が問うた。

「辻強盗《つじごうとう》だ。柳原土手《やなぎわらどて》で小商人《こあきんど》を脅して小金を奪った。まったくくだらんよ。そんなことは丹頂屋の与《あず》り知らぬことであろうが、平尾をしょっ引く口実ができたというものだ」

それにつき合えと松下が言うから、お蝶と虎三は願ってもないと思い、すんなりしたがった。

飯屋へ入って行くと、平尾東蔵は酔眼《すいがん》をぎろりとふり向かせ、微《かす》かに狼狽を見せた。

それでも虚勢《きょせい》を張って肩《かた》を尖《とが》らせ、

「なんだ、町方がなんの用だ」

「お主《ぬし》にいろいろ尋ねたいことがある。ちょっと一緒に来てくれんか」

松下が平尾を睨みながら油断なく言った。

虎三は腕まくりをして十手を構えている。

お蝶は平尾の様子を観察し、胸が烈しく騒ぐのを覚えた。

(人相悪いわねえ、白目が多くて蛇みたいな目つきだわ。この男はたぶん人を斬ったことがあるかも知れない。身内に抑えきれない瘧《おこり》のようなものを抱えている。目が不安そうに動いてるのはきっと後ろ暗いことがあるからよ。歳は四十を過ぎて女房子はいない。それは襟《えり》の垢《あか》じみた着物でわかる。ずっと孤独だったのね。剣を使うことでしか飯を食えなかった人なのよ)

「さあ、同道《どうどう》致せ」

松下が威嚇《いかく》して言うと、平尾はもの憂いような緩慢な動作で腰を上げ、何も言わぬまま刀を取って松下にしたがった。

お蝶と虎三がその左右を固める。

だが飯屋の表へ出るや、平尾はやおら抜刀して咆哮《ほうこう》を上げ、兇暴に三人に斬りつけたのである。

松下がすばやくとび下がり、虎三も泡を食って退いた。

だがお蝶は平尾のすぐそばにいたから、とっさの機転でその躰《からだ》に体当たりし、すかさず十手で平尾の肩先を打撃した。

「あぁっ」

鉄の棒で打たれて平尾が叫んでよろけ、そこへ虎三がとびかかって縄を打った。

「お、おまえたち、でかしたぞ」

松下が賞賛の目で二人を見やった。

十四

「なんだって、やっぱりあんたが」

お蝶が目を真っ赤にし、烈しい憤りをみなぎらせて平尾に詰め寄った。

そこは横山町の自身番で、訊問《じんもん》専用に使われている奥の板の間だ。

連行して来るなりお蝶が七五郎殺しを問い糾すと、平尾はあっさりそれを認めたのである。

虎三と松下は息を呑んで見守っている。

「あんたが手に掛けた七五郎は、あたしのお父っつぁんだったのよ」

お蝶がそう言っても、平尾の反応は鈍く、「そうか」と言っただけだ。

お蝶の追及がつづく。

「どうしてお父っつぁんを斬ったの」

「ひとえに金だ。怨みなどはない」

「誰に、幾らで」

「丹頂屋芥子蔵に三両で頼まれた。だがその金はとっくにないぞ。みんな酒で消えた。それで手許《てもと》不如意《ふにょい》となり、柳原土手でちょっと悪事を働いた。それだけだ、大したことではない」

平尾はへらへらとした自嘲《じちょう》の笑みを浮かべ、

「こんな身過《みす》ぎ世過《よす》ぎはもう沢山《たくさん》だな。いつも誰かに追われているような気がする。わしは疲れた。なんでも喋ってやるぞ」

お父っつぁんはこんなろくでもない男に斬り殺されたのかと、お蝶は新たな怒りが突き上げてきた。

松下が意気込み、

「丹頂屋に人殺しを頼まれた。そうだな。おまえが生き証人だ。これまでに何人斬った」

「わしは二人だ。いずれも丹頂屋に敵対する深川のやくざ者であった。岡っ引きを斬ったのは初めてだよ」

お蝶が目を熱くして、

「わけは何？　お父っつぁんは殺されるようなことをしたの」

「そうだ、したのだ。伊勢屋宇兵衛なる者から本店の清吉の不身持《ふみも》ちを訴えられ、七五郎は調べ始めた。そのうち丹頂屋が清吉を取り込み、いかさま博奕で大儲《おおもう》けをしていることがわかり、それをきっかけにして七五郎はさらなる丹頂屋の所業《しょぎょう》を調べつづけた。いかさまのみならず、丹頂屋は自分の手は血で汚さぬまま、わしらを使って不都合な輩《やから》を始末してきた。ゆえに悪行は数限りない。気づいた丹頂屋はわしに七五郎殺しを依頼した。そこでわしはひと芝居打って七五郎を呼び寄せることにした。丹頂屋が嫌になったから、何もかも洗い浚《ざら》い喋るとな」

「それで、お父っつぁんは……」

「やって来たさ、大川橋の河原へ」

「騙《だま》し討《う》ちにしたのね」

平尾がうなずき、

「あの男は死ぬ寸前にひと声、お蝶と叫んだよ。血を搾《しぼ》るような声であったな

「……」

「鬼っ、人でなし」

お蝶が逆上し、号泣《ごうきゅう》と共に平尾にとびかかった。むしゃぶりつき、叩き、引っ掻き、われを忘れて打擲《ちょうちゃく》する。だが平尾は手枷足枷《てかせあしかせ》にされているから抵抗はできない。お蝶は平尾を押し倒して馬乗りになり、凄《すさ》まじい勢いでさらに殴打《おうだ》しまくった。

「よせ、お蝶」

止めようとする松下を、虎三が強い力で押さえ込んで、

「松下様、ご勘弁を。ここはお蝶の気の済むようにやらせてやって下せえ」

「うぬっ……」

やがてお蝶は平尾から離れ、虎三と松下を烈火の目で見た。

それは髪を乱した阿修羅《あしゅら》の姿だったから、松下は唖然としてそのお蝶に見入った。

お蝶とはこんなに気性の烈しい女なのかと、瞠目《どうもく》しているのだ。

平尾は顔を血だらけにしてうずくまっている。

「気が済んだか、お蝶。こ奴はもう死罪は免れんぞ」

お蝶はようやく平静を取り戻し、

「この男は手先に過ぎませんよ。どうしたら丹頂屋の息の根を止められるんですか、松下様」

「七五郎殺しで十分しょっ引ける。獄門台《ごくもんだい》に送ってやるわ」

「そうはゆくまい」

血だらけの平尾がくぐもったような声でほざいた。

三人が平尾を見守る。

「丹頂屋のような男がこれまでお縄にならなかったのにはそれなりのわけがあろう。そこを考えてみろ」

「何を、この野郎、偉そうに」

虎三が吠えて平尾の横腹を蹴った。

それを松下が止めて、

「そのわけを言ってみろ」

「丹頂屋は常日頃からあっちこっちに金をばら撒《ま》いて身の保全を計《はか》っている。縄を打ったとたんにどこかの偉いさんが出て来て奴はすぐに放免《ほうめん》だ。わしの証言などどこかへ吹っ飛ぶに決まっておるわ」

平尾が乾いたような笑い声を上げた。

三人はぎりぎりとした目を絡ませ合い、それきり何も言えないでいる。

十五

両国広小路は宵《よい》の口《くち》の賑《にぎ》わいを迎え、紅燈《こうとう》が灯《とも》され、華やいだ商売女の嬌声《きょうせい》などが渦巻くように聞こえていた。昼は見世物《みせもの》小屋の天下だが、夜の帳《とばり》が下りると飲食店がそれに取って代るのだ。

その雑踏を縫って清吉が来ると、丹頂屋の子分たちが逸早《いちはや》くそれを見つけ、群がって来て口々に挨拶をした。

「今宵はどうだい」

清吉が鷹揚に尋ねると、若いのが賭場に来ている大店の旦那衆の名を何人か挙げ、盛況であることを告げる。それらに一分《ぶ》、二分の金を財布から取り出して気前よく与え、清吉はいい気分で米沢町の方へ向かった。

料理屋橘屋の庭石を踏んで行くと、離れからとび出して来たさらに新たな子分たちが清吉に腰を折って挨拶し、下へも置かない様子でなかへ案内した。その子分たちにも清吉は心付けを忘れない。

二十帖余の広い賭場には大店の旦那衆ばかりが揃っていて、清吉とはほとんどが顔見知りらしく、和《なご》やかな挨拶が交わされた。場がそこいらの賭場とは違う高級な雰囲気に包まれる。

丁半賭博の勝負が始まってほどなくして、丹頂屋芥子蔵が奥から姿を現し、おもむろに清吉のそばへ寄って来た。

芥子蔵は四十がらみの大男で、海坊主のように髪の毛が一本もなく、派手な色模様のどてらを着て、両手首には文身《ぶんしん》（刺青《ほりもの》）が覗いている。

それが他の旦那衆を憚《はばか》り、渋い顔を作って声を落とすと、

「若旦那、困りやすねえ」

「借金のことかい」

「もう千五百両ですぜ」

「端た金じゃないか」

清吉が虚勢を張って言う。

「少しは払って下せえやしよ」

「勝ったらね」

「そりゃいつのこってす?」

「親分が勝たしてくれりゃいいんだよ」

清吉がからかうような目を向け、芥子蔵に言った。

「あっしがいかさまをやってまでして、若旦那を勝たせるんですかい。そいつぁどう考えても道理に合わねえや」

「もう少し待っておくれな」

「今日もお貸しするんですかね」

「うん、そうだ、借りることになるよ。それじゃとりあえずこれだけ入れとくとするか」

清吉はふところに手を突っ込み、どこかの分け店から巻き上げた袱紗包みの百両を、無造作に芥子蔵の手に握らせた。

「たはっ、こいつぁすげえ」

たちまち芥子蔵が相好を崩した。

「たった百両しかないけど勘弁しておくれ」

清吉はわざとそういう言い方をして、

「残りの借金は千五百両かも知れないけど、ここの賭場ならひと晩で稼げるからね、わたしは希《のぞ》みを失ってないのさ」

「へいへい、お希み通りにいくといいですねえ」

再び勝負が始まった。

「親分、邪魔だよ。あっちへ行ってくれないか」

「こいつぁどうも、若旦那の首尾《しゅび》を心から祈っておりやすぜ」

百両をふところにして芥子蔵は席を立ち、他の旦那衆にも愛想をふりまきながら賭場を出て行った。

そうして廊下伝いに居室へ来ると、そこに代貸《だいがし》の増右衛門《ますえもん》というのがいた。これは三十半ばの凄味のある男で、片頬にざっくり、紋章のように刀疵《かたなきず》が刻まれている。

「どうしやした、馬鹿旦那の借金は」

芥子蔵は長火鉢の上に百両包みをぽんと置き、

「あの馬鹿さ加減は際限がねえのさ。このおれでさえも呆れらあ。開いた口が塞《ふさ》がらねえとはこのこった」

「寝ても醒《さ》めても博奕のことしか頭にねえみてえですぜ」

「搾り取るだけ搾り取ってやるんだな。こっちの本命はよ、店の沽券証文《こけんしょうもん》だ」

「今日はどうしやすね」

「いつも通りに、いかさまであの野郎をすってんてんにするんだ」

「へい、わかりやした。父親は病気で臥《ふ》せってるってのに、あの馬鹿はよくこんな所で博奕を打っていられやすね。まったく、馬鹿につける薬はござんせんよ」

「最後はその病人の布団もひっぺがしてよ、伊勢屋の本店も分け店もこっちの手に入れるんだ。あの馬鹿がどんな泣きっ面《つら》んなるか、さぞや胸がすっとするだろうぜ」

芥子蔵と増右衛門が邪悪な忍び笑いを漏らした。

十六

それから十日も経たないうちに、本町一丁目の伊勢屋本店は丹頂屋芥子蔵に乗っ取られた。

博奕に負けつづけた清吉が、遂に切り札である店の沽券証文を持ち出し、最後の大勝負に打って出て芥子蔵に渡してしまったのだ。その勝負は所詮《しょせん》はいかさまなのだから、清吉が勝つ道理はなかった。いかさまを一度も疑らない清吉は、芥子蔵にとって恰好《かっこう》の餌食《えじき》で、赤子の手をひねるようなものだったのだ。

だが分け店四軒の方はそれぞれ独立したもので、その沽券証文までは清吉は手が出せずに無事であった。大伝馬町一丁目の伊勢屋は一家心中があったので店は閉じられていたが、場所がいいからすでに人手に渡っていた。

本店を手放してもまだ借金が残り、清吉は丹頂屋のやくざどもに血眼《ちまなこ》で追われる羽目《はめ》となり、どこかへ雲隠れしてしまった。

清吉は江戸を売ったのではないかと言う人もいたが、そんな路銀《ろぎん》もあるまい、またお坊ちゃんだから一人旅などできるはずもない、存外に江戸のどこかにさまよっていようと、推測はその辺に落ち着いた。

芥子蔵が代貸の増右衛門に告げたように、病いに臥せっていた大旦那はそれこそ布団ごとひっぺがされ、冷たい表へ放り出されて路頭に迷った。横暴は親子二代だったから、誰も救いの手を差し伸べる者はいなかった。その大旦那も当初は自身番に寝かされていたこともあったが、やがていずこへか姿を消していた。誰に聞いても行方は知らないという話で、浮世の冷酷さをまざまざと見せつけられる事件であった。町の衆は伊勢屋親子のことを口にするのも憚《はばか》られ、やがて噂にものぼらなくなった。

鶯《うぐいす》が美声を競い合い、梅の花が綻《ほころ》び始めていた。

十七

その日、お蝶と虎三は捕物支度に身を整えるや、颯爽《さっそう》と田原町一丁目の家を出た。

岡っ引きになって初めての捕物、つまりは初陣《ういじん》なのである。共に小袖に襷《たすき》掛《が》けをして着物の裾を端折《はしょ》り、その上に羽織を着て、紺の脚絆《きゃはん》、紺足袋《こんたび》に草履履《ぞうりば》きの姿で、これらをひっくるめた捕物装束を紺看板というのだ。また腰には房のない十手が差し込まれてあった。房つきは与力、同心だけなのである。

そうして二人は、薬研堀の丹頂屋芥子蔵の家をめざした。

今は奉行所の仮牢《かりろう》に囚《とら》われている平尾東蔵の証言を元に、七五郎殺しを指図した科《とが》で芥子蔵を召し捕りに行くのである。つまりこの日こそ、お蝶の本願成就《ほんがんじょうじゅ》の日でもあった。

待ち合わせの柳橋《やなぎばし》の上に松下敬四郎の姿があった。

お蝶と虎三は勇んで歩を速めた。

だが二人にふり返った松下の顔色は冴《さ》えない。

「松下様、ほかの人たちは」

捕物にはかならず奉行所の捕吏《ほり》が何十人かついて来るはずだから、たった一人でいる松下に不審を持って、お蝶が問うた。

「それがな、丹頂屋捕縛の件は差し止めになったのだ」

松下が目を伏せて言う。

「ど、どういうことなんで？」

虎三が声を尖らせ、お蝶と見交わしながら言った。

「そのう、なんと申したらよいのか……」

松下の歯切れが悪い。

お蝶は険しい目になると、

「横槍《よこやり》が入ったんでしょうか。平尾東蔵が言っていた通りに、どこかの偉いさんが手を廻してきたんですか」

「そうではない。これは伊沢様のご指図なのだ」

「伊沢様の……」

お蝶が声を呑んだ。

与力の伊沢仙十郎が芥子蔵に抱き込まれていたというのか。

（そんなはずはない。お父っつぁんの仇討を伊沢様は願っていたのに。だからあたしに十手を授《さず》けて下すったってのに……）

お蝶は一瞬、茫然自失《ぼうぜんじしつ》となった。

虎三もおなじ思いを持ったらしく、落胆《らくたん》の溜息をついた。

「待て、勘違いするでないぞ。伊沢様に限って丹頂屋などとつるむわけがない。あの人は清廉《せいれん》な御方なのだ」

「じゃどうしてなんですか、どうして伊沢様が差し止めをご命じに」

お蝶が追及する。

「伊沢様の話によれば、北町の方が先に丹頂屋を調べていて、それがまだ肝心なところをつかむまで行っておらぬという。ゆえにこの件は北に譲ることにしたと、そういう説明が伊沢様よりあった」

お蝶と虎三には、それは苦しい言い訳としか聞こえない。

松下がつづける。

「それでなくとも北と南は手柄を争って日頃より小競合《こぜりあ》いが絶えん。無駄な争いは避けたいというのが伊沢様の思惑であろう。両名とも、わかってくれ」

得心がゆかぬまま、お蝶と虎三は黙り込んだ。

「おまえたちが落胆するのはよくわかる。しかし間に立ったわしの立場も辛いのだ。よいか、それにわしは諦めるつもりはない」

「丹頂屋を追いかけつづけるってことなんですね、松下様」

お蝶が食い下がった。

「そうだ。そのうちかならずや芥子蔵をぎゃふんといわせてやろうと思っている。だから今日のところは矛《ほこ》を納めてくれ」

軽くではあるが松下に頭を下げられ、それでお蝶と虎三は何も言えなくなった。

十八

その帰り道である。

蔵前の表通りを二人して歩いていると、裏通りの方から騒ぎが聞こえてきた。

二人が何事かと見交わし合い、そっちへ行ってみると、物乞《ものご》いの何人かが新参者らしい物乞いを寄ってたかって痛めつけているところだった。

「おうおう、どうしたんでえ」

虎三が十手をちらつかせながら言うと、物乞いたちは逃げ腰になりながら、新参者のこの野郎に物乞いの心得を教えてやっているのだと、一人がもっともらしく言った。さらに別の一人がこいつは頭がおかしい、自分は元は大店の若旦那だったというのだと、嘲笑混じりに言った。そして物乞いたちはいなくなった。

大店の若旦那というのがひっかかり、お蝶と虎三はその物乞いの方へ寄って行った。

まだ若いその男は顔面を殴打された痕《あと》も生々しく、いかにも辛そうに目を伏せていた。髪はざんばらで、着物も綿のはみ出た襤褸《ぼろ》を着ている。饐《す》えたような臭いも漂っている。落ちぶれ果てた清吉である。

「大店の若旦那なんだって？　おまえさん」

お蝶が清吉と知りながら問うと、相手はちらっと恥じらいのような目を上げ、

「ええ、そうですよ。誰も信じてくれませんけどね」

消え入りそうな声で言った。

虎三にも物乞いが清吉とわかり、お蝶に合わせて惚け顔になり、清吉の前にしゃがみ込んで、

「いってえどこの若旦那だったんだ、素性《すじよう》を明かしてみなよ」

「わたしは……言えませんよ、そんなこと」

「どうしてさ」

これはお蝶だ。

「差《さ》し障《さわ》りがあるんですよ、いろいろとね。それにわたしがこんなことをやってるのはちょっとした間だけなんです。すぐに表舞台に戻りますから」

清吉は黒く汚れた手拭いで顔を拭きながら言う。

呆れ果てたお蝶がずばり言った。

「その表舞台はもうないんですよ。それに博奕の元手だってすっからかんなのに、どうやって元に戻るってんですか」

清吉は目を慌てさせ、

「そ、そんなことありゃしませんよ。わたしがひと声掛けりゃ百や二百の金はすぐに……」

「まだそんなこと言っている。それじゃなんでこんなことしてるんですよ。いつんなったら目が覚めるんですか、伊勢屋の清吉さん」

清吉がとっさに顔を背け、

「知りませんね、そんな人。わ、わたしの元の名前は小左衛門《こざえもん》なんです。お間違いにならないで下さいな」

清吉は懸命に取り繕っている。

それが物乞い姿だけに滑稽《こっけい》で、お蝶はしだいに腹が立ってきた。

「ふん、小左衛門さんてのは伊勢屋さんの大旦那の名前じゃありませんか。そのあんたのお父っつぁんは丹頂屋に布団までひっぺがされて、路頭に迷って行方不明のまんまなんですよ」

「ええっ、お父っつぁんが……」

その事実を知らなかったらしく、清吉は奈落《ならく》の底へ突き落とされたような表情になった。

お蝶は清吉に強い目を据えて、

「好きなことしてこうなったんだから何も言うことはありませんね。あんたの馬鹿な博奕狂いのために、分け店の宇兵衛さんは一家心中までさせられたんです。仲のいい四人の家族は死んじまったんですよ。それはみんなあんたのせいなんです。この愚か者、一生物乞いをやってればいいんだわ」

吐き捨てるように言い、お蝶は虎三をうながして行きかけた。

だが気を取り直したのか、急にまた戻って来て清吉の前に屈み、やるせないよう

な溜息をついて、

「あんたはまだ若いんだし、やり直そうとさえ思えばやってやれないことないでしょ。あんた次第なのよ。元々やくざやごろつきだったわけじゃないんだから、考え方ひとつなのよ。心を入れ替えて、分け店のどこかに頭を下げて置いて貰ったらどうなの」

「そ、そんなこと今さら……」

「いい？　今のあんたには人としての誇りなんてないの。物乞いにまで堕《お》ちたんだからもうその下はない。どん底にいるのよ。だから這い上がるしか道はないでしょ。ちょっとだけ道を踏み外《はず》したと思えばいいのよ、きっと元へ戻れる。それができなかったらあんたの浮かぶ瀬はもうないわ。覚悟を決めておやんなさいよ。年下のあたしにこんなこと言われて恥ずかしくないの」

「け、けど丹頂屋の連中がわたしを……」

「任せなさい。そっちはきっちりあたしが話をつけてやるわ」

「えっ、おまえさんが？」

「あんたは知らないけど、丹頂屋の博奕にはからくりがあったのよ」

「いかさまだったんですか、あれは」

今さらながら清吉が驚きの目を剝く。

「そうよ、どうしてそこに気がつかないの。世間知らずもいいとこじゃない。だからそんな金払うことないわ。あんたは大手をふって歩けるのよ」

「……………」

「わかったわね？　もう会うこともないだろうけど躰《からだ》壊しちゃ駄目よ。しっかりね、清吉さん」

「……………」

「はい、それじゃこれでなんか暖《あった》かいものでも食べて」

お蝶は清吉の手に何枚かの銭を握らせ、向こうで待っている虎三の方へ急いだ。

二人は歩きだしながら、

「いいとこあるな、おめえ」

「どうってことないわよ。でもあれね、岡っ引きってお金かかるのね」

「まあ、そうなんだろうな。でもいいじゃねえか、おれたち博奕で金使うわけじゃねえんだから」

「当ったり前よ」

「なんか食ってかねえか、どっかで」

「いいわよ、おまえさんの奢《おご》りならね」

「かあっ、しっかりしてやがる」

お蝶と虎三が屈託のない声で笑った。

二人が立ち去ると、じっとうなだれていた清吉の肩が小刻みに震えだした。辛い浮世に一条《ひとすじ》の光が差したように感じられ、嗚咽《おえつ》しているのだ。清吉にとっては初めて味わう浮世の情けだった。

お蝶のくれた銭は賭場ではなんの価値もない端た金だったが、清吉の手のなかにあるそれはずっしりと重く感じられ、千両よりも重く思えた。

銭をきつく握りしめたまま、清吉の泪は止まらなかった。

第二話　赤い陽炎《かげろう》

一

十手道《じってどう》――。

そんなものがあるかどうかわからないが、若い二人は一日も早く一人前の岡っ引きになるべく、日夜修行《しゅぎょう》に励んでいた。

お蝶は犯科を扱う与力、同心の必読書である「無冤録述《むえんろくじゅつ》」を耽読《たんどく》し、虎三は隠居した岡っ引きから十手術の伝授を受けている。

「無冤録述」というのは江戸時代の法医学書《ほういがくしょ》のことで、奉行所役人たちによる検屍《けんし》はすべてこの本をよりどころとしていた。

元は中国から渡来した書物で、検屍の心得や死体の検案、現実的な捜査法などが綿密に書かれたものを、元文元年《げんぶん》（一七三六）に泉州《せんしゅう》（大坂《おおさか》）の河合甚兵衛尚久《かわいじんべえなおひさ》なる人がわが国に適応するように加筆、修正し、翻訳したものである。

元文といえば八代将軍吉宗《よしむね》の御世《みよ》だが、八十年以上も経っているとは思えない内容の鮮烈さに、お蝶は驚きを隠しきれない。本の内容から学ぶことが多く、日々うち震えるような思いなのだ。

亡き父親の七五郎は、女だから無学でいいという考えの人ではなかったので、幼い頃からお蝶を寺子屋に通わせていた。読み書きは元より、尋常な町人ならそこまではやるまいという論語などの素読《そどく》をも学ばせた。それは七五郎の意思なのである。素読は武家の子女が習得する学問で、高等教育に属するものだ。

そうした父親の薫陶《くんとう》を得たお蔭で、お蝶は知を授かり、しかも生まれついての美にも恵まれ、岡っ引きという父親の職を継いで日々精進《しょうじん》している。この稼業に美は邪魔ではあるが、お蝶は鼻にかけるはずもなく、十手道をまっしぐらに突き進んでいるのである。

「無冤録述」の触《さわ》りを読み解くと、こうである。

〈検屍のために現場へ赴《おもむ》く場合、すぐには死体のそばへ行かず、風上に席を取り、死人の近親者、またはその場の関係者を呼び出し、事情を詳しく聞いたのちに検屍を行うべきである。死体現場にはよからぬ者も少なからずいて、死のわけを言い紛《まぎ》らわせたりもする。そういう輩《やから》に惑わされることなく、疑わしいと思った時は年寄や女子供の区別なく、あるいは近隣の者などに近づき、死者に関する正確な情報を得ることが肝要である〉

――等々

と、そこにはもっとも大事な、検屍の初歩的なことが書かれてあるのだ。

一方、虎三が十手術を教わっている隠居は八百蔵《やおぞう》といい、浅草真砂町《まさごちょう》に住んで今は子供相手の駄菓子《だがし》屋をやっている。

お蝶、虎三夫婦の住む田原町一丁目と真砂町とは目と鼻の距離である。

七十近くではあるものの、元岡っ引きだけに八百蔵の身ごなしは軽く、足腰の達者な老人だ。

近くの三島明神社《みしまみょうじんしゃ》の広い境内《けいだい》まで行き、そこで捕物におけるあらゆる格闘技を訓練するのだが、六尺棒で対峙《たいじ》してもすぐに八百蔵に搦《から》め捕られてしまう。背丈は虎三の方がずっと高く、八百蔵は小柄でいながら技は別なのである。

棒術のほかに鉤縄《かぎなわ》も教わっていて、これはなかなか難しく、ちっともうまくならないのだが、虎三は音《ね》を上げずに必死で八百蔵に食らいついている。

鉤縄というのは縄の先に鉤を括《くく》りつけ、それを相手の襟元《えりもと》へ投げてひっかけ、引き倒して一本縄でぐるぐる巻きにし、そうした上で本縄をかける術である。

しかし岡っ引きは公認の幕吏《ばくり》ではなく、表向きは同心の手先を務める小者、陰の存在ということになっているから、彼ら岡っ引きが犯科人に正式に縄を打つことはできない。捕縛《ほばく》して犯科人の縄尻を取るのは同心の役目なのだ。

といって、それはあくまで建前なのだが、若いお蝶と虎三は今後もそれは守ろうと思っている。だからこれ見よがしに十手を人の見える所に差すのはやめようと、話し合っている。十手などはふところに忍ばせればよいのである。

だがこれとて、許せぬ人でなしを前にして激情した時はどうなるかわからない。

父親の七五郎を斬り殺した平尾東蔵という浪人に、お蝶は激情にかられ、われを忘れてとびかかって打擲《ちょうちゃく》したのだ。肉親の死が絡んでいるから当然のことだが、これからは冷静に、私情に溺《おぼ》れぬようにと、少なくもお蝶はみずからを戒《いまし》めている。

そうした分、清新な彼らは純であるし、学習能力にも優れているから、日ごとに長足の進歩をしているのである。

そんな折も折、丹頂屋芥子蔵が殺される事件が発生した。

二

不忍池は上野山内にあって、今と違って宏大な池であった。山内とは東叡山寛永寺《とうえいざんかんえいじ》のことで、東に下谷《したや》、浅草、北へ行けば谷中《やなか》、根津《ねづ》が近い。

池の周辺はいつも大変な賑わいで、訪れる人が昼夜を問わずに引きも切らず、飲食店が軒を連ね、茶店も数十軒並んでいる。昼の茶店では田楽《でんがく》や菜飯《なめし》を売り、また酒肴《しゅこう》や団子《だんご》なども供している。

池のなかには小さな島があって、弁財天《べざいてん》が祀《まつ》られ、銅葺屋根《どうぶきやね》の立派な経堂《きょうどう》が建立《こんりゅう》されている。そこでは一切経《いっさいきょう》を奉《たてまつ》っているのだ。

その弁財天は昔は孤立していたので、池に小舟を出して通っていたが、今は道を造成して誰もが行けるようになった。

丹頂屋芥子蔵の切断された生首は、その経堂の軒下に鎮座《ちんざ》していたのである。

最初に発見したのは茶店の一軒の老爺《ろうや》で、谷中から通って来て、店の雨戸を開けて一服つけようとして庭先へ下り、切株に腰を下ろして真正面に見える経堂を何気なしに見た。

そこでかっとこっちを見ている海坊主のような芥子蔵の生首と、目と目が合ったのである。

「ぐわあっ」

老爺は声にならない声で叫び、それから天地のひっくり返るような大騒ぎになった。


奉行所小者の使いがとび込んで来て、不忍池に男の生首があることを知らされた時、お蝶と虎三は炬燵《こたつ》に向き合って仲良く朝飯を食べていた。

それが生首と聞いて飯など喉《のど》を通らなくなり、二人して慌てて着替え、共にふところに十手を忍ばせて上野へひた走った。

小島の経堂の周りに役人たちがひと固まりになっているので、お蝶と虎三も道を通ってそこへ行き、人垣から覗いて血の滴《したた》っている生首を見て仰天《ぎょうてん》した。彼らは丹頂屋芥子蔵の顔を知らないから、まず生首そのものに驚愕《きょうがく》したのだ。

「無冤録述」には、さすがに生首のことは記述されていなかった。

その現場にはすでに南町奉行所定町廻り同心の松下敬四郎がいて、他の同心たちと検屍に取りかかっていた。

囁《ささや》き合う同心たちの間から「丹頂屋」と言う名が出たので、お蝶はもしやと思って表情を険《けわ》しくし、まずはあばた面ががんもどきを思わせる松下に聞いてみた。

「誰なんですか、生首の正体」

「丹頂屋芥子蔵だ、知らなかったのか」

お蝶の胸にずしんと衝撃が落ちた。

丹頂屋芥子蔵こそが平尾東蔵に父親の七五郎を殺させた張本人で、それがわかっていながら芥子蔵に手が出せず、お蝶は重苦しい胸を抱えつづけていたのだ。

「ええ、初めて見ましたよ。あたしたち、以前に丹頂屋へ乗り込もうとして松下様に止められたじゃありませんか。ですからそれっきり……」

丹頂屋へ乗り込むのを止めさせたのは、吟味方与力の伊沢仙十郎だったのだ。松下はそれを二人に伝えたに過ぎない。

「おお、そうであったな。この変わり果てた姿が丹頂屋なのだよ」

「何かわかってることはあるんですかい」

緊張を滲《にじ》ませながら、虎三が言った。

「いや、おれも来たばかりで詳しいことは何もわからん。まずは聞き込みから始めようではないか」

松下が言うそばから、小者たちが騒ぎ始めた。池の表面に芥子蔵の胴体がぷっくら浮かんできたのだ。それを熊手《くまで》で掻き寄せて胴体を岸辺に引き上げ、同心たちが群がって検屍にかかった。

お蝶と虎三も覗き込む。

図体の大きな芥子蔵はなぜか全裸で、自慢だったはずの文身《ぶんしん》（刺青《ほりもの》）は張りを失い、青黒く沈んで見えた。躰は無疵《むきず》で、やはり致命傷は首を切断されての一撃だったようだ。下手人《げしゅにん》は首と胴をばらばらにして、胴体に重しもつけずに池に投げ捨てたのだ。

しかし首だけをわざわざ人目につく経堂の下に置いたということは、何やらそこに下手人の思惑や意思のようなものを感じさせるのである。

(きっと丹頂屋芥子蔵の、無残で哀れな末路を世間に知らしめるつもりだったんだわ。これはお上への挑戦とも受け取れる。こんな悪党をどうして今まで放っておいたのか、だからこうしてやったんだ、という下手人の叫びにも聞こえる。わかるわ、あたしだって芥子蔵に父親を殺されたんだから。下手人の方に気持ちを寄せてしまいそうよ)

お蝶は冷静に分析し、そう思った。

そこへ丹頂屋代貸《だいがし》の増右衛門が数十人の子分らを引き連れ、殺気立った様子で駆けつけて来た。

役人たちが規制をかけたので近づくことが叶《かな》わず、増右衛門らはその場から口々に親分の名を呼び、悲嘆に暮れた。芥子蔵にそれほどの人徳があったとも思えないが、なかには泣きだす者もいて、型通りの愁嘆場《しゅうたんば》にはなった。

松下がお蝶と虎三をうながし、彼らの方へ近づいて行く。

「芥子蔵がなぜこんな所で殺されねばならんのか、覚えはあるか」

松下が問うと、増右衛門が進み出て、片頰の深い刀疵を気が引けるのか、隠すようにしながら、

「いいえ、まったく心当たりがござんせん。ゆんべ親分はふらっと家を出てったきりなんで。それで今朝んなって親分が戻ってねえことがわかって、みんなで探してたんでさ」

「誰に会うとか、馴染《なじ》みの店へ行くとか、そういうことは言わなかったのか」

「馴染みの店ならあっしらにもわかっておりやすから、朝から聞きに行きやしたよ。けどどこでも、親分はゆんべは来てねえと」

「それが上野界隈《かいわい》まで足を伸ばして何者かに殺されていた。腑《ふ》に落ちんではないか」

「まったくで」

「しかし悪名高い芥子蔵のことだ、人の怨《うら》みなどはごまんと買っていたのであろうな」

「へえ、まあ……はっきり申しやして、渡世《とせい》上での怨みつらみは際限ござんせん。

けど親分は腕に自慢のお人でしたから、そんじょそこいらの奴らに倒せるわけはねえんですが」

「芥子蔵はこれまでにも一人でふらりと出掛けることはあったのか」

「へえ、そういえば……三月《みつき》ほどめえからそういうことが何度かござんした。けど大抵は次の日んなると戻っておりやしたんで」

松下は増右衛門たちから離れると、お蝶と虎三に向き合って、

「どう思う」

二人に聞いた。

「代貸のあの男の言うことに嘘は感じられませんね。たぶん芥子蔵は人に言えない相手にでも会うか、誰かに面白い遊び場でも教えられたかして、こっそり一人で出掛けていたのではありませんか」

お蝶が答える。

「そうなるとこいつは手に負えんなあ」

「こつこつやるっきゃねえですよ」

虎三が言い、お蝶と共に付近の聞き込みに廻ることにした。

それで二人は池の周辺を巡《めぐ》り、料理屋や茶店をつぶさに当たって、昨夜芥子蔵を見た者はいないかと聞いて廻った。だがそれは徒労で、どこにも芥子蔵が立ち寄った形跡はなかった。

「やれやれ、参ったな……」

池の畔《ほとり》でひと休みしようとした虎三が、あらぬ方をじっと見ているお蝶に気づいて、

「よっ、どうしたい」

「あそこ、たぶん料理屋だと思うけど」

お蝶の指す方向に、一軒の会席料理屋があった。

それは黒板塀《くろいたべい》を巡らせ、門前にどっしりとした老松が垂れた立派な店で、辺りに威風を払っている。灯のついてない軒燈《けんとう》に、「美濃清《みのせい》」という粋な書体の文字が読めた。

「高《たけ》えんだろうなあ、あんな店」

虎三が言うと、お蝶は「美濃清」に興味深そうな目を据えて、

「やくざの親分が好きそうな店じゃない」

勘働きがして、そう言った。

それからお蝶は、その店から池までの距離を目測した。

死骸を運べない距離ではなかった。

三

お蝶と虎三の前に現れた女将《おかみ》は、藤《ふじ》と名乗り、年は三十半ばで、顔を白く塗って髪を櫛巻《くしま》きにしていた。抜き襟から覗く白い首にえもいわれぬ色気があり、また華奢《きゃしゃ》な腰に巻きつけた帯がきりっと胴を括りつけ、立ち姿が粋で美しい女だった。

お蝶と虎三はお上御用の身分と名乗りをした上で、不忍池で男が殺され、そのことで聞きに来たのだとお蝶が言うと、お藤は玄関脇の小部屋へ二人を招じ入れた。

そこで向き合うなり、

「女将さん、殺された男は丹頂屋芥子蔵といいましてね、両国一帯を仕切るやくざ者でした。海坊主みたいな面相で図体の大きな目立つ男ですから、すぐにわかるはずなんです。その足取りを追ってるんですけど、昨夜ここへ来ませんでしたか」

お蝶が問うた。

するとお藤は落ち着きのある風情で、

「こういうことはお調べになればわかることですから、隠し立ては致しません。丹頂屋の親分は確かに昨夜ここへ見えられました」

微塵《みじん》も表情を揺るがせずに言った。

お蝶と虎三がさっと見交わし、

「ご存知だったんですね、丹頂屋を」

お蝶が問うと、お藤は「はい」と言ってうなずいた。

「丹頂屋は誰かと会ってたんですかい」

虎三が聞いた。

「いいえ、お一人でした。親分はここの料理が気に入ってくれて、三月ほど前からお馴染みさんに。もちろんその筋の人だってことはわかってましたけど、うちじゃとっても穏やかでしたよ」

「いつも来る時は一人なんですか」

お蝶の問いに、お藤は即答して、

「ええ、どなたもお連《つ》れんなったことはございません」

三月ほど前から芥子蔵は一人で外出するようになった、という増右衛門の証言があったから、恐らくここへ来ていたのに違いない。

それでお藤に礼を言って辞去し、二人して表へ出た。

とたんにお蝶は背中に突き刺すような視線を感じ、すばやくふり向いた。
十五、六歳の、背の高い美しい少女が門の内側から二人のことを見ていて、少女は一瞬お蝶と目を合わせ、すぐに消えた。
虎三もそれを見ていて、

「なんだ、あの小娘は」

「似てたわね」

「誰に」

「女将さん。娘かも知れない」

「なんだか暗《くれ》え感じだったぜ、躰の具合でも悪いのかな」

「あたしもそう思った」

二人で池の畔へ戻り、検屍をつづけている松下に美濃清の一件を報告した。

「そうか。芥子蔵の足取りがわかっただけでも上首尾《じょうしゅび》ではないか」

「あたし、なんかひっかかるんですけど」

お蝶がどこか解《げ》せない顔で言う。

「女将にか」

「ええ、まあ」

「しかし芥子蔵のような大男を、女の細腕で殺《あや》めることは無理だ。女力士ならともかく、並の女に首を斬り落とすなど叶わぬ芸当であろう」

「まっ、そりゃそうですけど……」

「お蝶、そう焦るなよ」

「いえ、焦るなんて、そんなことは」

松下が近くで飯を食おうと誘うから、その言葉に甘えて二人は松下のお供をし、近くの蕎麦屋《そばや》へ入った。

「これは長引きそうな事件だぞ。芥子蔵は敵だらけであるからな、下手人を絞り出すのが大変だ」

天ぷら蕎麦を食べながら松下が言った。

しかしお蝶は返事もせず、上の空で考えに耽《ふけ》っている。

美濃清の門内から覗いていた少女の顔が、目に焼きついて離れないのだ。

四

その晩、お蝶と虎三は炬燵に向き合って晩酌《ばんしゃく》をやっていた。

昼のうちは暖かいのだが朝晩は冷え込み、なかなか炬燵をしまえないでいる。桜の咲く前はいつもこうなのだ。

「殺された奴が奴だからなあ、松下様が言うように下手人探しは難しいだろうぜ。怨んでる奴はごまんといるんだ」

「そうね、その人たちみんな、今頃は拍手喝采《はくしゅかっさい》してるでしょうよ」

「おめえもその一人だろう」

「うん、確かにそうなんだけど……でもあたしの仇《かたき》があんな形で死んで、よかったなんてとても思えないわ。下手人はきっと尽きせぬ怨みがあったのね」

「ああ、でなきゃあんな殺し方はしねえさ」

「明日はどうする」

「両国へ行って、芥子蔵を怨んでる奴をまず探し廻るつもりよ」

「そう、じゃそれはおまえさんに任せる」

「おめえはどうする」

「やることはいっぱいあるのよ。まず芥子蔵の昔を知りたいわね。人別《にんべつ》にない無宿者がどうやって江戸で根を張ることができたのか。奴はきっとどこかで兇状を働いてるはずよ。そんな気がするの。それに美濃清の女将さんのことも、少しばかり気になるわ」

「あの別嬪《べっぴん》の女将か……けどおめえ、松下様もこの殺しは女の細腕じゃ無理だと言ってたじゃねえか」

「そうなんだけど、さっきも言ったように何かひっかかるのよ、お藤って人。芥子蔵とは、ただの客と女将の関係だけならいいんだけどね。それに美濃清の門のなかからこっちを見ていた、あの小娘のことも……」

「あの小娘は関わりあるめえ。あんな大事件が家のすぐ近くで起こったんだから、心惹《こころひ》かれておれたちのことを見ていた。そんなとこじゃねえのか」

「そうかしら」

「そうじゃねえと思ってるのか、おめえは」

「そこをはっきりさせれば先へ進めるわよ」

虎三が感心したようにお蝶を眺めて、

「しかしおめえの方が、おれより先行ってる感じだな。その粘りはてえしたもんだぜ」

「そんなことないわ。おまえさんこそ日に日に引き締まってきて、岡っ引きらしくなってきてるわよ」

「惚《ほ》れ直したってか」

「馬鹿ね、最初から惚れっ放しよ」

お蝶が目を瞑《つむ》って唇を突き出し、虎三が顔を寄せようとした。

そこへ格子戸へ傍若無人《ぼうじゃくぶじん》にぶち当たるようにし、酔っ払った九女八が千鳥足《ちどりあし》で入って来た。この男は二人が睦《むつ》み合おうとすると、なぜか邪魔に入ることになっているようだ。

「いよっ、うまくいってつか、新所帯は」

二人は慌てて顔を離し、

「おめえ、なんだよ、今頃のこのこと。随分とご無沙汰《ぶさた》だったじゃねえか」

虎三が言った。

三人は幼馴染みで、兄弟のようにして育った仲なのだ。

九女八は炬燵の一角に図々しく入り込み、虎三の酒を断りもなく勝手に飲み、うらなりのへこんだような顔をへらへらと笑わせて、

「今日はね、深川の帰りなんだ。あれからいろいろとあってさ、大変だったよ」

「何があった」

虎三が聞く。

「遂に家を継いで、あたしゃ今では炭屋の大旦那よ」

「大旦那ったって、奉公人は三人しかいねえだろう」

「昨日小僧を一人増やしたよ。でもいいもんだぜ、大旦那ってな。金は使い放題なんだから」

「だったら店潰《つぶ》れるの、そんなに先じゃねえな」

虎三がからかう。

「へん、おきやがれってんだ。大丈夫《でえじょうぶ》、そこんとこあたしゃしっかり者だから」

お蝶が納得して、

「そうね、あんたなら大丈夫だわ。昔からけちんぼだったし」

「おめえにかんざし買ってやったことだってあったじゃねえか」

「赤札《あかふだ》のついたやつね」

それは安売りの品物のことだ。

「今ならちゃんとしたの、買ってやってもいいぜ」

「おいおい、人の女房の歓心《かんしん》買ってどうするんだよ。はったぁすぞ、この野郎」

虎三に頭を小突かれても、九女八はへっちゃらで、

「お蝶とあたしの関係はこの先もずっとつづくんだよ。虎が死んだらその後釜《あとがま》になると決めてるんだから」

「どうしておれが先に死ぬんだよ」

「だっておめえは死ぬには一番近道の仕事してるじゃねえか。ならず者にぐさっとやられて終わりになるのさ」

「そうなったらあたし、尼《あま》になる」

「勿体《もったい》ないよ、この九女八様の嫁になんなさい」

お蝶がむかついて、

「あんたまだそんなこと言ってるの。いくらあたしがいい女だからって、しつこいわよ。いい加減に諦めなさい」

冗談半分でお蝶が言う。

九女八は「むひひ」と変な笑い方をして、

「まあね、虎の手前、そういう言い方するしかないよね」

「おめえ、まさかおれの藁人形《わらにんぎょう》作って五寸釘打ちつけてんじゃねえだろうな」

「よくわかったね」

お蝶と虎三が呆《あき》れて見交わし、怒る気もなくなって九女八から顔を背けた。

だが九女八は意に介さぬ様子で、

「二人して忙しそうだけど、今はどんな事件に首突っ込んでるんだ」

「それを聞いてどうする。おめえにゃ関わりあるめえ」

虎三が突っぱねる。

「そんなことないよ。二人だけじゃ手に余ることだってあるだろう。あたしにできることがあれば手伝ってもいいんだぜ」

　虎三がお蝶と見交わし、

「おめえが下っ引きをやるってか」

「そういうこと。あたしの方が金持ちだから上っ引きかな。あはは、そんなのないよね」

「だってあんた、炭屋の大旦那なんでしょ。それが下っ引きやってたらおかしいわよ」

　お蝶が皮肉な口調で言うと、九女八はせせら笑って、

「大旦那だからできるんじゃないか。それに今は真冬と違って炭屋は暇になってきたからね、躰の自由はどうにでもなるよ」

　夫婦は目顔で探り合うようにしていたが、

「お蝶、どう思う。こいつにできるか」

「あんまり気は進まないけど、案外向いてるかも知れない。九女八は小さい頃から人様の事情に首突っ込むの好きだったから」

「じゃ、頼んでみるか」

九女八は拳で薄い胸を叩いて、

「そうこなくっちゃいけない。まずはあたしに十手を持たせてくんないかな。あれを持つの夢だったんだよ」

「下っ引きに十手はねえんだ」

虎三にはねつけられた。

五

翌日になって虎三は早速九女八を下っ引きとしてしたがえ、両国へ行って広小路にある自身番《じしんばん》を訪ねた。

両国の事情に暗いせいもあるが、丹頂屋芥子蔵の行状を聞くには、地元の自身番が一番手っ取り早いと思ったのだ。

応対に出た町役人《ちょうやくにん》は老齢の父っつぁんで、虎三が浅草の岡っ引きとわかり、しかもその来意を告げるとなぜかよくしてくれ、下へも置かずに茶菓子までふるまってくれた。

九女八が茶菓子にすぐに手を出す。

「父っつぁん、どうしてこんなにもてなしてくれるんですかい。あっしぁまだほんの駆け出し者なんですよ」

虎三が不思議に思って問うと、父っつぁんは声をひそめて、

「人様が死んで嬉しく思うなんて罰当《ばちあ》たりだけどよ、芥子蔵だけは別なんだ」

と言った。

芥子蔵が阿漕《あこぎ》なことは周知の上で、虎三にとっても父っつぁんの言うのにある程度の予測もあったから、

「そんなに悪い奴だったんですかい、奴は」

空惚《そらとぼ》けて聞いてみた。

「両国一帯の店から取り上げる縄張《しま》の上がりは半端《はんぱ》じゃなかった。日銭三百は下らねえと聞いたことがあるよ」

「凄《すげ》え」

九女八が目を丸くして頓狂《とんきょう》な声を上げたので、虎三が彼の頭を叩いてたしなめる。

父っつぁんがつづける。

「けど親分がおっ死《ち》んだらもうそれもおしめえだ。どこの店もほっと胸を撫《な》で下ろしてるんじゃねえのかな」

「特に芥子蔵を怨んでる奴ってえと、すぐに浮かぶ人はいますか」

九女八を放って、虎三が尋ねる。

「そいつこそが、奴を上野で殺した下手人と思っていなさるんだね」

芥子蔵が不忍池で首を切断され猟奇的《りようきてき》に殺された一件は、すでに知れ渡っていた。

「へえ、まあ」

「うむ、そう言われたって、怨んでる奴は何人もいるからなあ……」

「そこを頼みますよ、父っつぁん」

虎三に頼み込まれ、父っつぁんは煎餅《せんべい》を齧《かじ》りながら難しい顔で思案していたが、

「あっ、もしかして……」

「へい」

「時の鐘だよ」

「はっ？」

「本石町《ほんごくちょう》の鐘撞堂《かねつきどう》の亭主で彦六《ひころく》って奴がいたんだよ。おめえさんも知ってるだろうが、この稼業は金廻りがいい」

お上の定めにより、鐘撞堂は特定の地域から「時料」というものを毎月徴収することになっている。これはなくてはならないものだから取りっぱぐれがなく、どの家でも滞《とどこお》りなく払う。特に本石町は家数も人口も多く、鐘撞堂に転がり込む金は莫大《ばくだい》であった。

「その彦六さんがどうしたんですね」

「金がだぶついてるからこれが妾《めかけ》を持った。上野山下の水茶屋《みずぢゃや》の女でお安《やす》ってんだ。ところがその妾宅《しょうたく》の場所が悪かったのさ。薬研堀の芥子蔵の家の裏だった」

「それで、なんぞ悶着《もんちゃく》でも？」

「この妾のお安が不身持《ふみも》ちな女でね、暇ができると芥子蔵の賭場《とば》に出入りするようになって、そうこうするうちに芥子蔵とできちまったんだ」

九女八が割って入り、

「ちょっと待って下せえよ、世間によくあることの逆ですね。彦六さんがやくざの女に手を出したんならわかりますが……そうなるってえと、どういうことに？」

「芥子蔵のことだ、彦六が邪魔んなってお安と手を切れと強談判《こわだんぱん》に及んだのさ」

「なるほど、相手が悪いなあ」

さも感心した口ぶりで九女八が言う。

「けど彦六も黙っちゃいなかった。鐘撞番に抱えてる野郎ども十人ほどをしたがえて、丹頂屋へ殴り込みをかけたんだよ」

「喧嘩が商売のやくざもんに勝てるわけねえでしょう」

これは虎三だ。

「それっきりだよ」

「へっ？」

「それっきり彦六は姿を見せなくなっちまった。喧嘩んなったが鐘撞番の野郎どもは逃げ散って、彦六だけいなくなってね、それから五日ぐれえ経ってから永代橋《えいたいばし》の下に土左衛門《どざえもん》になって浮いたんだ。躰中疵だらけなのに役人はろくに調べもしねえで、誰かと喧嘩の末におっ死んだってことで幕引きよ」

「芥子蔵の仕業《しわざ》なんですね」

さらに虎三が聞く。

父っつぁんが「間違いねえ」と言い、

「この話にゃまだあとがあるのさ」

「どんな」

「彦六が死んで半月ぐれえしてから、お安が家んなかで首を吊って死んだんだよ」

虎三が表情を引き締め、

「そりゃどういうこって？　お安は前非《ぜんぴ》を悔いて自害をしたんですかい」

「違うね。それはおれも立ち会ったけど、あの首吊りにゃ細工《さいく》があった。死骸《しげえ》の下に転がっていた踏み台を立てて、それにお安の身《み》の丈《たけ》を足しても縄の輪っかにゃ届かなかった。誰かが手を掛けたとしか思えねえだろう」

「ああ、そりゃそうですよ」

九女八が煎餅をぼろぼろとこぼして食べながら、興奮気味に言う。

「お上のお調べの方は？」

虎三が真顔で問うた。

「おれが疑いを口にしても、お役人方は耳を貸しちゃくれなかった」

「いってえ誰がお安を？　そいつぁ芥子蔵の仕業じゃねえですよね」

虎三の問いに、父っつぁんは確信のある目になって、

「彦六にゃ倅《せがれ》がいるんだ。こいつぁ彦次郎《ひこじろう》といって、親父の跡を継いで鐘撞堂をやってるんだが、おれぁその倅が臭《くせ》えと思っている」

「父親の仇討《あだうち》ですか」

父っつぁんが深い目でうなずくと、

「それが遂に本丸を倒したってことよ、本当に彦次郎がやったんならな」

六

「てめえらにこの家の敷居は跨《また》がせねえぞ」

彦次郎が怒髪天《どはってん》を衝《つ》く勢いで言い放ち、戸口に立ちはだかって毛むくじゃらの太い腕をまくり上げた。雲を衝くような大男で、大作りな顔立ちが威圧感を与える。

その前で十手を向けた虎三が突っ立ち、九女八は震え上がって後ろに隠れるようにしている。

本石町の鐘撞堂の家を訪ね、死んだお安のことで聞きたいことがあると虎三が言うと、応対に出た彦次郎がいきなり逆上したのだ。

さらに鐘撞番の荒っぽいのが十人余、家のなかから出て来て彦次郎の背後に立ち、虎三たちを睨《にら》んだ。

一触即発《いっしょくそくはつ》の空気のなかで、だが虎三は努めて冷静になろうと、

「彦次郎さん、話を聞きに来ただけなんだ。落ち着いてくれよ」

「あんな女のことは思い出したくもねえ、痛くもねえ腹を探られるのはまっぴらだと言ってるんだ」

「痛くもねえ腹ならいいじゃねえか。お安の死に方が腑に落ちねえからこうして来たんだぜ」

「おめえに話すことは何もねえ、とっととけえれ」

「これが目に入らねえのか、彦次郎さん」

虎三が十手を突き出すと、彦次郎は一瞬たじろぐが、

「おれぁ御用聞きが嫌《ざれ》えなんだよ。そっから一歩でも近づくとどうなるか知らねえぞ」

鐘撞番の男たちが表へ出て来て、二人を取り囲んだ。いずれも鉄拳を握りしめている。

「くそっ、てめえら……」

虎三はしだいに腹が立ってきて、目を血走らせて前へ踏み出そうとした。

それに九女八が取り縋《すが》り、虎三にだけ聞こえる声で、

「やめようぜ、虎、いくらおめえだって。旗色が悪過ぎるよ」

「てめえは引っ込んでろ」

「こんな所で間違いが起こったらどうするんだ、お蝶が可哀相じゃないか」

「お蝶……」

「そうだよ、おめえ、まだおっ死ぬのは早《はえ》えだろう」

（いや、本音を言えば死んで貰いたいんだけどさ。そうすりゃお蝶とおれぁ……）

九女八が心の声に蓋《ふた》をする。

彼の言う通りだから、虎三はぐっと唇を噛《か》んだ。

彦次郎がせせら笑って、

「おれに疑いをかけるんなら、動かぬ証拠でも持ってくるんだな」

「…………」

虎三は何も言わずに彦次郎をひと睨みし、九女八をうながしてその場を去った。

そして二人で本石町の大通りを歩きながら、

「九女よ、おめえどう思う、彦次郎って男」

「おれたちより年は上のはずだけど、少しばかり考えが足りねんじゃねえのか。ありゃお安って妾の死んだことに、きっとなんか関わりがあるぜ」

「ああ、おれもそう思った」

「だとしたら、あんなふうに喧嘩腰になっちまったら損だよな。疑ってくれって言ってるようなもんだからよ。ああいう場合、おれたちを言いくるめるぐれえでなくちゃ駄目だ」

「わかってるじゃねえか、おめえ」

褒《ほ》められて九女八はにっこり笑い、

「それでこれからなんだけど、いつ行ってもああして鐘撞番の野郎どもに囲まれるようじゃ話んならねえぜ」

「それについちゃおれの方に考えがある。八百蔵の父っつぁんに教わったんだ。岡っ引きってもんは、相手が音を上げるまでしつこく食い下がらなくちゃいけねえってな」

虎三に十手術などを教えている元岡っ引きの真砂町の八百蔵は、技だけでなく、岡っ引きの心得をも伝授していた。

「しつこいのだけは、ちょっとなあ。けど、もし彦次郎がお安殺しの下手人だったらどうする?」

「この手でふん縛《じば》るまでよ」

決意を見せて、虎三が言った。

七

丹頂屋一家の代貸増右衛門は、薬研堀の外科医の許に宅預かり(入院)の身となっていた。

顔面は殴打された痕《あと》も生々しく、瘤《こぶ》や痣《あざ》だらけで、足腰も痛めつけられたらしく布団にくるまって、小部屋でうんうん唸《うな》っている。

そこへお蝶がずかずかと入って来て、枕頭《ちんとう》に座った。

医家などは手続きもいらず、十手を見せればこうして罷《まか》り通ることができるのだ。

「な、なんでえ、おめえさん」

お蝶が十手持ちとわかっているから、増右衛門は目を泳がせ、箱枕に顔を伏せた。

「いったい何があったんですか、代貸さん」

知っていながらお蝶が聞いた。

「うるせえ、聞くんじゃねえ。粗相《そそう》をして転んだだけだ」

お蝶は苦笑を浮かべ、

「子分衆から聞いてきましたよ。深川のやくざに待ち伏せされたんでしょ。路地裏にひっぱり込まれてぼこぼこにされたって聞きました」

増右衛門はふてくされ顔で反転し、天井を睨んで、

「渡世のいざこざだ、よくあるこった」

「代貸さんを袋叩きにするってことは、遅かれ早かれ両国の縄張《しま》は深川に乗っ取られますね」

「冗談じゃねえ、そんなことされてたまるかよ。死んでも縄張は渡さねえぞ」

「芥子蔵親分は睨みが利いてたけど、おまえさんだとどうかしら。三日と持たないんじゃありませんか。子分衆がついてくればいいんですけど」

「くそったれ、そこまで言うかよ」

増右衛門はお蝶を睨むが、その声に迫力はなく、不安な目をさまよわせて、

「何をしに来たんだ、深川の奴らの尻馬《しりうま》に乗っかるつもりか」

「そんなつもりはありませんよ。はっきり言わせて頂くと、縄張争いの末にどっちとも潰れればいいんです。あたしたちにとっちゃその方が手間が省けるってもんですからね」

お蝶の言葉は残酷で、増右衛門の疵口にずきんと沁《し》みた。

「畜生めえ、それを言いにわざわざ来たのかよ。別嬪のお嬢ちゃんのくせにきついこと言うじゃねえか」

お蝶がぐいと顔を寄せ、

「今日来たのは、ほかならない芥子蔵親分のことなの」

「な、なんだと」

「親分の昔よ」

「昔だと？　おれぁ何も知らねえぞ」

「おまえさんが親分に拾われたのはいつのことなの？　どれくらいのつき合いになるの」

「かれこれ足掛け五年だ」

「その前は」

「おれぁ向島《むこうじま》の方で賭場を預かっていた。そこへ親分が来るようになって、男心が通じ合ったのよ」

「向島へ来る前のことを知りたいわね。芥子蔵親分はいったいどこから流れて来たのかしら」

「聞いてねえな、昔話なんぞしたことねえからな。おれたちはいつだって明日に向かって生きてきたのさ」

お蝶は失笑《しっしょう》を禁じ得ず、

「あ、そう。でも何かの折にそういう話は出るでしょ。昔こういう所にいたとか、どこそこで暮らしていたとか」

「そんなことを知ってどうするんだ。それより親分を手に掛けた下手人を早く見つけてこい」

「そのためにこうやって動き廻ってるんじゃありませんか。お願い、思い出して下さい」

そう言いながら、お蝶が増右衛門の肩をぽんと叩くと、そこは殴打された痕らしく、増右衛門は悲鳴を上げて転げ廻った。

「どうですか、思い出しましたか」

「甲州《こうしゆう》（山梨県）だ、親分は甲州にいたと言ってたことがあらあ」

苦し紛れに増右衛門が白状した。

八

地方行政官である代官職はとかく田舎暮《いなかぐ》らしと思われがちだが、存外に江戸にいて、そのことを在府《ざいふ》といい、検見《けみ》その他の重要な仕事がある時のみ現地へ赴いた。

現地では手附《てつけ》、手代と呼ばれる常駐の属吏が、年貢《ねんぐ》の取立てや犯科の取締りを行っていて、急を要する事態あらば江戸へ早飛脚《はやびきやく》を飛ばすことになっている。

その日、甲斐《かい》代官の平山権太夫《ひらやまごんだゆう》は馬喰町《ばくろちょう》御用屋敷にいて、甲州石和陣屋《いさわじんや》から届いたばかりの人別調《にんべつしら》べの帳面に読み入っていた。

ここは江戸における代官役所で、平山の屋敷は深川西町《にしまち》にあった。

平山は二十の半ばとまだ若く、それにしては老《ふ》け顔だが、これまで不正を働くこともなく、役儀《やくぎ》はつつがなくこなしてきていた。

するとそこへ小者の使いが来て、南町奉行所定町廻り同心の松下敬四郎様なる御方が、平山様にお目通りを願っていると伝えた。

お目通り、と言われたので平山はいい気分になり、対客の間へ足を運んだ。

代官は町奉行所与力並の平旗本だから、それほど尊厳のある身分ではないのである。

対客の間にはあばた面の松下敬四郎と、お蝶が座っていた。

まずは松下が平山に名乗りを挙げ、お蝶のことをそれがしの手先であると言い、引き合わせた。

平山は犯科絡みだとすぐにわかり、

「このわしから何を聞きだしに参ったかな」

お蝶の方を見て、やんわりとした口調で言った。

最前よりお蝶はさり気なく平山を観察していて、

（この人は無駄の嫌いな人ね。きっと仕事もできるはずよ。まだ若いのに落ち着きがあるのは、仕事も安定していて妻子にも恵まれている証拠だわ。厳《いか》めしいお役の割に目がやさしいのは子煩悩《こぼんのう》なのかも知れない）

それだけを見て取り、膝を進めて、

「実は先頃、両国のやくざ者で丹頂屋芥子蔵という人が殺されまして、その下手人を追ってるんでございます。ところがなかなか手掛かりが得られず、これは芥子蔵の昔につながることではないかと思い、それでこちらに参ったようなわけなんです」

平山は口を差し挟まずに聞いている。

「それと申しますのも、丹頂屋の子分の話では芥子蔵は甲州にいたことがあると、生前に漏らしたそうなんです。それで芥子蔵は甲州で兇状でも働いて、その金子《きんす》を元手にして江戸でひと旗揚げたのではないかと、あたしはそう考えたんです」

甲斐代官なら芥子蔵の旧悪がわかるかも知れないとお蝶は思い、松下に頼んでこの御用屋敷に同行して貰ったのだ。

「芥子蔵……そんな名に憶えはないが。そ奴は甲州でどのような罪を犯したのだ」

「さあ、それは……」

平山が苦笑して、

「それでは雲をつかむような話ではないか。甲州に犯科人ならごまんといる。芥子蔵が彼《か》の地にいたのは何年ぐらい前のことなのだ」

「五年ほどだと聞いてますけど」

「五年前ではわしはまだお役に就いてはおらんな。それなら隠居した父上だ」

「お父君様も甲州でお代官様を？」

「そうだ、親子二代でおなじことをやっている」

代官の多くは世襲制で、平山家は代々の代官職であった。

「まっ、そういうことならわしの父に聞くがよいぞ。添え状を書いて遣わそう」

「お父君様はどちらに？」

平山は困ったような笑みを浮かべ、

「はてさて、隠居の身ゆえにどこで何をしているものやら」

「はあ？」

父甚左衛門《じんざえもん》は、深川西町の屋敷にまともにいたことがなく、自由闊達《かったつ》に世を生きているのだと、それが伜権太夫の返事だった。

お蝶は礼を言って松下と帰りがけ、平山にひと言聞いた。

「お子様方は元気よくお育ちのようですね」

とたんに平山は子煩悩の顔になって相好を崩し、

「そうなのだ、長男も次男も腕白《わんぱく》が過ぎて困っておる」

そう言ったあと、「む？」となって、

「なぜわしの子たちのことを知っている」

問いかけた時には、お蝶はもう一礼して立ち去っていた。

九

日が暮れると、彦次郎は女房子供には寄合だと偽り、一人で家を出た。

本石町三丁目から四丁目を過ぎ、鉄砲町《てっぽうちょう》の裏通りへ入って、一軒の小ぎれいなしもたやに彦次郎は消えた。

すると家のなかが俄《にわか》に賑やかになって、煌々《こうこう》と明りが灯り、女子供の笑い声が聞こえてきた。やがて飯の支度が始まったらしく、煮炊《にた》きのよい匂いが漂ってくる。

彦次郎が幼な子に肩車をして戸口の前に姿を現し、高い高いをして子供を喜ばせ始めた。

女の姿こそ見えないが、そこは彦次郎の妾宅のようだ。

子供と共に笑っていた彦次郎の顔が、しかし急にひきつったものに変わった。

暗がりから虎三と九女八がこっちを見ていて、呆れたような目を彦次郎に向けているのだ。

「おめえさん、父親とおんなじことをやってるんだな」

虎三が言うと、彦次郎は怕《こわ》い顔になり、ものも言わずに家のなかへ戻ると、ややあって子供を置いて出て来た。黙って二人をうながして先を行き、表通りへ出て一軒の小料理屋へ入って行く。まだ宵《よい》の口《くち》だから客は誰もいなかった。

そこの小上がりに彦次郎は陣取り、前に並んで座る二人に、

「てえげえにしつけえな、おめえは」

虎三を睨んで言った。

だが昼間の喧嘩腰ではなく、店の者に勝手に酒肴《しゅこう》を頼んでおき、

「あの家のことは、嬶《かか》ぁにゃ言わねえで貰いてえ」

弱腰になって言った。

虎三も口調を穏やかなものにして、

「わかってるよ。おれぁ何もおめえさんの家んなかに波風を立てるつもりはねえんだ」

「知りてえのはお安のこったろ」

「ああ、それに尽きるぜ。本当のことを聞かせてくれたらすぐにいなくならあ」

店の者が酒肴を運んで来た。

彦次郎はそれに手をつけることなく、

「やったのが誰なのか、おれにゃわかってるんだ」

虎三と九女八が色めき立った。

「おめえさんの仕業じゃねえんだな」

虎三が言うのへ、彦次郎は真っ向から否定して、

「違う、おれぁやってねえ」

「誰でえ、そいつぁ」

虎三が目を尖らせて言う。

だが彦次郎は苦しい顔になって、

「言えねえんだ、いや、言いたくねえのさ」

「どうしてだ、そいつに義理でもあるのか」

「そんなものはねえ。けど事情がわかるからおれぁ不憫《ふびん》に思ってるんだ。なあ、芥子蔵もお安もろくな奴らじゃなかった。それがこの世から消えたって誰も悲しんじゃいねえだろうが。下手人は見つからねえってことで、これで幕引きとしねえか」

「そうはいくかよ」

虎三が息巻いて、

「死んでも誰一人悲しまねえような奴があの世へ行ったからって、詮議《せんぎ》はよしにしようなんて聞いたこともねえや。生きてる奴の息の根を止めた奴がいる限り、放っとくわけにゃいかねえんだよ」

「どうしてもか」

「あったりめえのこった」

九女八がおずおずと口を開いて、

「親方さん、これはやはり黙ってて通るこっちゃねえと思いますよ。どんなわけがあってその下手人を庇《かば》うのかわかりませんが、そいつぁ親方さんのためにもなりません。どうか下手人を教えて下さい」

「……」

「誰に殺されたんだ、お安は」

虎三が言って、食い入るように彦次郎を見た。

彦次郎はつらそうな顔になり、押し黙ってうなだれていたが、

「それじゃ本当のことを言おう。お安が死んだあの晩、おれぁ奴をぶっ殺してやろうと薬研堀の家に行ったんだ」

虎三の顔がぴんと張り詰めた。

「親父と芥子蔵の両方を天秤《てんびん》にかけて、ふしだらに生きているあの女が許せなかった。そりゃいい年して女にとち狂った親父にも非はあるが、元はといやぁみんなお安が悪い」

「父親の仇討に行ったんだな」

虎三が緊張の面持ちで言うと、彦次郎はぐっと一点を見据えてうなずき、

「ところがお安の家へ行ってみると、なかからあの野郎が真っ青な顔でとび出してきやがった。何があったのかと家にへえってみて驚いたぜ」

「お安が首を吊っていたのか」

これも虎三だ。

「自害したんならおれも清々したさ。けどそうじゃなかった。小柄なお安と踏み台の高さが合わねえことにすぐ気がついた。とび出してったあの野郎がお安の首を絞めて殺し、小細工をしやがったんだ」

虎三が息を呑むようにしながら、

「あの野郎とは誰のことなんだよ、彦次郎さん」

「寸吉《すんきち》って男だ、お安の幼馴染みだよ。おれはずっとめえからそいつを知ってたんだ」

彦次郎がぼそっと、暗い声で言った。

十

「かっぽれかっぽれ、甘茶でかっぽれ」

平山甚左衛門がねじり鉢巻をして着物の裾をからげ、菅笠《すげがさ》を手にして芸者衆の唄に合わせて珍妙に踊っていた。

女たちの笑い声が絶えず、宴会は佳境《かきょう》である。

そこは深川永代寺門前町《えいたいじもんぜんちょう》にある料理茶屋で、甚左衛門には供も連れもなく、一人で酒宴を張って楽しんでいるのだ。

いつ紛れ込んだのか、囃子方《はやしかた》の後ろに目立たぬようにしてお蝶が座っていて、甚左衛門の踊る様子がおかしくて笑っていた。

甚左衛門がそれに気づき、踊りをやめてお蝶を見やり、

「そこな女、何者であるか。呼んだ覚えはないぞ」

叱りつけるように言った。

老齢で白髪の髷《まげ》は細くなってしまったが、甚左衛門は矍鑠《かくしやく》として精気に満ちた

男だ。

　座が静まり、お蝶に視線が集まった。

　お蝶は慌てず騒がず、三つ指を突いて平伏し、

「大変申し訳ございません。あたくしはこういう者です」

　十手を腰から抜いて前に置き、

「田原町の蝶と申します」

「不作法《ぶさほう》であるな。御用聞き風情が何用だ」

「これを」

　お蝶が言って進み出ると、伜の平山権太夫が書いてくれた添え状を差し出した。

　委細《いさい》がそれに書いてあり、甚左衛門は暫《しば》し目を通していたが、やがて得心《とくしん》したらしく、

「相わかった。皆の者、退《さが》れ」

　そう言って芸者衆を退らせ、お蝶と二人だけになった。

「一杯やるか」

　甚左衛門に勧められ、お蝶は遠慮なく、

「頂戴《ちょうだい》します」

膝行《しっこう》して酌を受け、酒を干した。

「よい飲みっぷりじゃ。御用聞きは何年になる」

今度はお蝶が甚左衛門に酌をして、

「まだ世間の西も東もわからないひよっこでございます」

「駆け出しというわけか」

「はい」

「問い合わせの件じゃが」

甚左衛門がおもむろに切り出した。

「お心当たりでも？」

「ないこともないぞ」

「お聞かせ下さいまし」

「名は芥子蔵ではなく、長五郎《ちょうごろう》。奴の在所《ざいしょ》は甲州都留《つる》郡《ごおり》猿橋宿《さるはしじゅく》の壺坂村《つぼさかむら》じゃ」

甚左衛門が記憶のいいところを披露《ひろう》する。

「長五郎はどのような罪を」

「押込みじゃよ」

お蝶の表情が引き締まった。

「大月宿《おおつきじゅく》の名主の家を襲い、主と居合わせた百姓の二人を長脇差《ながどす》で斬り殺し、三百両の金を奪って逐電《ちくでん》した。代官所、村役総出で探索したが行方は杳《よう》としてわからず、そのままになっている」

「長五郎の人相風体《ふうてい》は」

「当時から頭髪が薄く、ここに書いてある通りに海坊主のような男であったわ。身の丈高く、膂力《りょりょく》優《すぐ》れており、村相撲《むらずもう》では毎年横綱であったそうな」

「仲間はいなかったんでしょうか」

「長五郎は悪さをする時はいつも一人であった」

「その後、名主の遺族はどうしましたか」

「途絶えた」

お蝶が息を呑んで、

「跡継ぎは」

「子は娘一人しかおらなかった。その頃で十歳ほどであったと思うぞ」

「どこへ行きましたか、その娘は」

「それがの、母娘共に甲州から姿を消してしもうたんじゃよ」

「名主の奥さんの在所には」

「甲府の城下で仏具屋を営んでいたが、母娘はその実家にも戻らなんだ」

「いったい、どこへ……」

「謎のままじゃな」

「母親の年は幾つでしたか」

「当時で三十前後ではなかったかと。名は確かお甲《こう》、娘は加代《かよ》と申したはずじゃ」

「お甲さんと加代さんですね」

名を刻み込むように、お蝶が言う。

「名主もその女房もよくできた夫婦で、共に慈悲深く、村人によく施しをしていたものであった」

「………」

「それだけにわしは長五郎捕縛に躍起《やっき》になったのだが、結局は果たせなんだ。今でも無念であるぞ」

「お察し致します」

「長五郎が三百両を元手に江戸へ向かい、芥子蔵と名を変えてひと旗揚げたと申すなら、筋は通るではないか」

「……はい」

お蝶の脳裡《のうり》には、美濃清のお藤と十五、六の小娘の顔が鮮烈に浮かんでいた。

十一

からから売りの寸吉が天秤棒を担ぎ、町内を売り歩いていた。

でんでん太鼓《だいこ》のことをからからといい、ほかに鬼、天狗《てんぐ》、狐《きつね》、猿、おかめなどの張子《はりこ》の面も寸吉は扱っており、そのあとを子供たちがぞろぞろとついて来ている。

子供相手の小商いにふさわしく、寸吉は気の弱そうな情けない顔つきをした若者だ。

やがて寸吉は一人になり、明神社の境内へ入ると石碑の前に腰を下ろし、売り物と一緒くたにさせていた弁当箱を取り出し、昼飯を使いだした。

弁当の中身はとてつもなく貧しく、麦飯に梅干が一個である。

半分ほどを食べたところで、目の前に人が立ったので、寸吉は恐る恐る顔を上げた。

虎三が身を屈め、

「からから売りの寸吉さんだね」

「へい」

相手が十手持ちとわかり、寸吉の表情はみるみる重苦しいものに変わった。

そこから離れた境内の入口に、九女八がうろついている。

「お安とは幼馴染みだってな」

「そうです」

「死んだのは知ってるかい」

「………」

「聞いてることに答えてくれよ、寸吉さん」

「へえ、お安は首を吊って死んだんです」

「やったのはおめえだろ」

虎三がずばり言った。

寸吉はうなだれて黙り込む。

「惚けたって無駄だぜ、こちとらもうねたは上がってるんだ。あの日、おめえさんのことを見た人もいる」

「……………」

「どうして手に掛けたんだ」

寸吉は何も言わずに弁当箱に蓋をし、力の抜けたような溜息をついた。

そんな寸吉を、虎三は見守っている。

「一緒んなる約束をしてたんです」

「子供の頃からか」

「へえ、お安の家もうちとおなじように貧乏でした。それで共に励まし合って育ったんです。けどあいつは……」

虎三は黙って聞いている。

「十七、八になる頃からだんだん派手になっていって、あっしから離れて行きました。やがて長屋から姿を消したかと思うと、その次に町で会った時はどっかのお嬢さんみたいになっていました。そんな身分じゃないことはあっしが一番よく知ってますから、何をしてるんだとあいつをなじったんです」

「そうしたら」

「あんたなんか知らない人だと」

「女は変わるものだな」

寸吉は寂しい目でうなずき、

「変わり過ぎですよ、あいつは」

「貧乏から縁を切りたかったんだろうぜ」

「そうだと思います。お安は何人も旦那を持って、掛け持ち妾をやってたんです。そのうち本石町の鐘撞堂の旦那一人になって、薬研堀でいい暮らしをするようになりました」

「そこへ行ったのかい」

「いえ、あっしなんか入れてくれませんよ。売り商いをしてますんで、よく道で会うんです」

「相変わらずけんもほろろだったか」

「最初のうちはそうでしたけど、少しずつ変わってきて、やがてもうこんな暮らしは嫌になったと泣きつかれて。初めて薬研堀の家へ上げてくれ、そこで……」

「いい仲になったんだな」

「へえ、お安は昔の頃に戻って、一緒に暮らさないかと言いだしたんです」

「その気になったのか」

「へえ、真《ま》に受けました。でもあいつは生まれつきの不実《ふじつ》な女で、そう言ったかと思うと次にはもう来ないでくれと。喧嘩が絶えませんでした。やがてお安は鐘撞堂の旦那と丹頂屋の親分を両天秤にかけていることがわかって、あっしは頭に血が昇っちまったんです。腹が立って、殺してやろうと思いました」

「やっちまったのか、それで」

「へえ……今では悪いことをしたと思ってます」

寸吉が唇を震わせ、泪《なみだ》を溢《あふ》れさせ、両手を合わせて突き出した。

「くううっ」

寸吉とは別の泣き声がしたので、虎三が見返ると、九女八がしゃがみ込んで貰い泣きをしていた。

「あの馬鹿が……」

そうつぶやき、虎三は寸吉に視線を戻してためらった末、科人《とがにん》に同情は禁物と八百蔵に教えられていたから、やるせない溜息と共に捕縄《とりなわ》を取り出して寸吉を縛った。

そうして虎三は寸吉と共に歩きだし、天秤棒は九女八が担ぐことになった。

太鼓や面ががらからからと鳴るが、それも今となっては空しい感がした。

「結構重いなあ、こいつぁ」

九女八が言うと、寸吉は寂しく笑った。

「あんたの長屋まで行ったんだけど、おっ母さんと二人暮らしだよね」

九女八がつづける。

「そうですけど、こうなったら町名主さんに面倒見て貰うしか」

「おっ母さんは幾つだ」

虎三が聞いた。

「今年で五十です。あっしぁ遅くにできた倅なんで。父親も兄弟もおりません」

「そうかい」

三人とも、それきり黙り込んだ。

十二

「どうしたの、おまえさん。今日はあまり飲まないのね」

炬燵に向き合って二人して晩酌をやっていたが、元気のない虎三を心配してお蝶が言った。

「うまくねえんだよ、酒が」

「寸吉って人のことね」

「いいか、お蝶。世の中にゃもっと悪いことしたり、いい加減に生きてる奴が大勢いるってのに、こんなんでお縄じゃ寸吉は割に合わねえじゃねえか。奴は五十になるおっ母さんを抱えて、地道にこつこつとからから売りをしてただけの男なんだぜ。そんな奴がなんだって……そう思ってよ、奴のこと考えると酒なんてとても……」

「でも寸吉は人一人を殺したのよ」

「お安って女が悪いんだ」

「でも殺すことないじゃない。別れて他人になっちまえばよかったんだわ」

「それだけ寸吉は真面目だったのさ」

「今さら何言ったって取り返しはつかないわよ」

「だからやるせねえのさ」

お蝶がしゅんとなって、

「わかるけどさあ……」

「なあ、お蝶」

「うん」

「おれたち、この先もこういうことにぶち当たるのかな」

「そりゃそうよ、いろんな事情がもつれにもつれて、入り組んだ末に事件になっちまうんだから。その事情を解き明かして、本当のことをつかみ取ってくのがあたしたちの仕事でしょう」

「………」

「何よ、こんなんで音を上げたなんて言わないでね。岡っ引きやめようって思ったりしちゃ駄目よ」

「思うわけねえだろ、おめえと一緒にやってかなくちゃならねえんだから。飛脚に戻るつもりなんぞさらさらねえぜ」

「じゃ湿っぽいのは今日だけにしよう」

わかったと言い、そこでやっと虎三は酒を飲む気になり、ぐびりと干して、

「それで、おめえの方はどうだ」

「下手人がわかったわ」

お蝶があっさり言った。

「ええっ」

虎三はお蝶に真顔を向けて、

「誰でえ、どこのどいつが芥子蔵を」

「証拠固めはこれからよ」

「早く言うんだ」

「不忍池の美濃清」

虎三が目を見開き、

「あの女将さんが……」

「ほかにいないわ」

「ちょっと待て、芥子蔵は生首をぶった斬られてたんだぞ。あの華奢な女将にどうやったらそんなことができるんだ」

「一念岩をも通すって言うでしょ。こうと決めたら女でもやれるわ。火事場のくそ力のあれよ」

「それだけのわけがあるんだな」

「その昔に芥子蔵が押込みをやって、あの女将さんの旦那を斬り殺したの」

「じゃ、仇討か」

「そういうことになるわね。芥子蔵を江戸まで追いかけて来て、ずっと狙っていたのよ」

「またかよ」

「何が」

「寸吉とおんなじじゃねえか。やむにやまれねえ事情で芥子蔵は殺された。あの女将の方にまっとうな理由があるんだぜ」

「でもあたしたち町場の者には仇討は許されない」

「悪いのは芥子蔵だろ」

「そうよ」

「それがわかってて、おれぁあの女将に縄を打てねえぜ」

「見逃せって言うの、おまえさん」

「待ってくれ、勘弁してくれよ」

虎三が盃を投げ、頭を抱え込んだ。

「あたしはやる。あのお藤さんて女将に縄を打つわ」

お蝶は決意の目だ。

「なんだかなあ……」

「どうしたの」

「おめえがどんどん遠くへ行っちまうような気がするよ。おれぁ置いてかれてる気分だぜ」

「そんなことないわ、情けないこと言わないで。夫婦で十手持ちなのよ。あたし一人では走れないわ」

「かなわねえよ、おめえにゃ」

「今日はもう寝よう」

「ああ」

お蝶が立って寝支度をしようとしたところへ、格子戸の開く音がした。

「誰かしら、こんな夜に」

お蝶が戸口へ出て行くと、そこに吟味方与力の伊沢仙十郎が立っていた。いつもの肩衣半袴《かたぎぬはんばかま》の与力の姿ではなく、黒の羽織に着流しを着て、おまけに宗十郎頭巾《そうじゅうろうずきん》まで被っている。

そこに何やら異様なものを感じつつ、お蝶は畏《かしこ》まった。虎三も出て来て平伏する。

「夜分にすまんな」

六十過ぎで痩身の伊沢が、目許に笑みを湛《たた》えながら言った。

「あ、いえ、御用の筋でしょうか」

「左様。今からわしに同道致せ」

「わかりました」

お蝶が「おまえさん」と言って虎三に声を掛けようとすると、それを遮《さえぎ》って伊沢が言った。

「虎三はよい。お蝶だけついて参れ」

「あたしだけですか⁉」

夫婦は不可解な目で見交わし合った。

十三

伊沢はお蝶を伴い、田原町を抜けると浅草寺《せんそうじ》前の広小路を東へ向かって行く。

その間、伊沢はひと言も口を利かず、お蝶はどこへ連れて行かれるのかと、少し不安になってきた。

しかし伊沢の背は、なぜか頑《かたくな》に話しかけられるのを拒否している。

やがて広小路を突き当たって左へ曲がり、伊沢は河岸沿いに北へ向かいだした。

大川は船影も絶え、暗くて広い川面に月が揺れている。

真っ暗な河岸沿いから山谷堀《さんやぼり》へ出ると、そこには何軒かの船宿の灯《あかり》があり、客と女たちのさんざめきが聞こえてきた。

一軒の船宿の暗がりから、ぬっと黒い影が現れ、こっちへ近づいて来た。

その顔を見てお蝶は少し驚いた。影は松下敬四郎だったのだ。伊沢と示し合わせていたものと思われる。

「まあ、松下様……」

「うむ」

松下はお蝶にうなずいておき、すっと伊沢に寄った。

「どうじゃな」

伊沢が低い声で問うた。

すると松下はその船宿を目で指して、

「女と二人でおりますよ」

「奴が追い廻している辰巳《たつみ》芸者じゃな」

「そうです。女も相手と子供屋（置屋）との板挟みで難儀をしているようなのです」

「相わかった」

伊沢は辺りを見廻し、お蝶を人目につかない所へ連れて行く。松下もついて来て見張りに立った。二人の様子がやけにものものしいので、お蝶にまでその空気が伝《でん》播《ぱ》した。いったい何が始まるのかと、お蝶が身を引き締める。

伊沢が語り始めた。

「お蝶、おまえが丹頂屋芥子蔵の許へ乗り込もうとした時、わしが止めたことを憶えているな」

「はい」

忘れるはずもなかった。

「そのこと、さぞや不審に思ったであろう」

お蝶がうすく笑って、

「正直申しまして、伊沢様が芥子蔵の味方をしているのかと思いました」

「味方ということは、わしが賄賂《まいない》を貰っていると」

「いえ、そこまでは……」

「それは断じてないぞ。あんなやくざ者に骨抜きにされてなるものか」

伊沢は吐き捨てるように言うと、

「あれにはわけがあったのだ」

「お聞かせ下さいまし」

「わしも芥子蔵の悪行を内偵していて、おまえたちに命じ、頃合《ころあい》よしと踏み込むつもりでいた。ところが横槍が入った」

「どのような」

「北町の古手同心で末広典膳《すえひろてんぜん》と申す者が、芥子蔵にはある嫌疑があり、北町の方が先に内偵しているから手を引いてくれと、そう願い出てきた。わしの動きをどうして知ったものかと面妖《めんよう》に思うたものの、ともかく末広の言う通りにしてやった。ゆえにおまえの丹頂屋乗り込みをやむなく差し止めたのだ。父の仇をお縄にできず、無念であったろうな。すまなかった」

目礼する伊沢に、お蝶は恐縮しながら、

「いえ、そんな。確かにそうですけど、でも今となりましては……」

「左様、芥子蔵が死した今では何を言っても詮《せん》ないことじゃ。ところが――」

そこで伊沢は言葉を切り、

「その後わしは末広に疑念を抱き、彼奴《きやつ》の素行を調べてみた」

松下が寄って来て、そのあとを次いでお蝶に語る。

「お蝶、末広はとんでもない悪徳役人だったのだ。芥子蔵からの賄賂は元より、大店などからゆすり同然にして金品を巻き上げてもいた。芥子蔵捕縛を止めさせたのも、われら南町の動きをどこかで察知し、彼奴を助けたのに違いない。恐らくその見返りは莫大なものであったろうが、芥子蔵亡き今となってはすべては闇だがな」

お蝶は血の気が引く思いがして、

「ではその末広様があの船宿に」

「追いかけ廻している辰巳芸者がおり、それに悪銭を貢《みつ》ごうとしている」

松下が言って伊沢と見交わし、

「そんなわけでな、伊沢様は今宵末広を懲《こ》らしめてやるおつもりなのだ。場合によっては刀を抜くことになるやも知れん」

「お二人とも大丈夫なんですか、そんなことして」

お蝶が気を揉んだ。

「何を申すか。老いたりとはいえ、わしの剣の腕は一流なのだぞ。万一事がこじれても、悪徳役人風情には一歩も引けを取らぬつもりじゃ」

勇ましく言って伊沢は襷《たすき》掛《が》けをし、松下もそれに倣《なら》った。

「虎三を残し、おまえだけを同道させたのにはそういうわけがあってな、今は亡き七五郎にも関わりがあることゆえこのようにした。あとで虎三にも事情を話しておいてくれ」

伊沢が言い残し、お蝶の返事を待たずに松下と共に船宿へ向かった。

十四

末広典膳は四十がらみで顔色どす黒く、いかにもの悪党面で、それが船宿の一室で酒肴の箱膳を押しのけて辰巳芸者に迫っていた。

「君奴《きみやっこ》、わしの誘いを受けてここまで来たということは、何もかも承知の上と見たがどうじゃな」

君奴と呼ばれた芸者はまだ若く、それが江戸前のきりっとした目を吊り上げて、

「冗談じゃありませんよ、あたしの方にはこれっぽっちもそんな気はござんせんね。有体《ありてい》に言わせて頂きますと、末広様がどうしてもとおっしゃるから、それにあたしの抱え主の顔も立てなくちゃならないんでこうして来たわけなんです。無理強《むりじ》いされるのは大嫌いですから、これで失礼させて貰いますよ」

君奴が立って身をひるがえそうとすると、末広が躍りかかって押し倒し、落花狼藉《らっかろうぜき》に及ぼうとした。

「やめて下さい」

「わしはおまえにぞっこんなのだ」

「人を呼びますよ、恥を搔《か》いてもいいんですか」

「金は月々たんまりくれてやる。わしには尽きせぬほどの金がある。おとなしく囲い者になれ」

「嫌っ」

二人が烈しく揉み合った。

そこへがらっと障子を開け、伊沢と松下が立った。

二人を見た末広が周章狼狽《しゅうしょうろうばい》する。

その隙に松下が目でうながし、君奴は頭を下げて足早に出て行った。

「これ、末広典膳、貴様はどうしようもない奴だな」

伊沢が睨み据えて言った。

末広は目を逸《そ》らしながら、

「な、なんのことですかな。非番の日に芸者と酒を飲んではならぬという定めでもあり申すか。お忘れなきよう申しますが、それがしは北町、伊沢様は南町ではござらぬか。とやかく言われる筋合はないと思いますが」

言いながら手早く身支度をし、「ご免」と言って逃げるように行きかけた。

その胸を伊沢がどんと突き、末広が無様《ぶざま》にひっくり返った。

末広が殺気立ち、刀の柄《つか》に手を掛けて、

「何をなされるか」

すると松下が伊沢を庇うようにして立ち、

「よく聞くんだ、末広さん。あんたのことは北のお奉行に洗いざらい話してある。すでに悪行の数々の証拠も揃え、調《しらべ》書《が》きにして届けてもある。ここは潔《いさぎよ》く罪を認めるんだ」

「ほざくな」

末広が抜刀して二人に斬りつけ、衝立《ついたて》が真っ二つにされた。

とっさに身を引く二人をよそに、末広は窓障子を突き破って脱走し、表へ転げ出て船着場へ走り、客待ちの船頭の前へ来た。

「舟を出せ」

逆上した末広に白刃を突きつけられ、おたついた船頭が悲鳴を上げる。

その船頭を押しのけ、お蝶がぐいっと前へ出て来て、十手を向けた。

「往生際《おうじょうぎわ》が悪うございますよ」

「黙れ、女」

末広が兇刃をふるった。

それより早くお蝶が末広のふところにとび込み、その利き腕を捉えて揉み合いとなり、

「芥子蔵なんかとぐるになって」

末広の耳許に怒りの声を浴びせ、その額を十手で打撃した。

「ぎゃあっ」

額からみるみる流血し、末広が痛みに転げ廻った。

駆けつけて来た伊沢と松下が、その場の光景に啞然《あぜん》となった。

「お蝶、おまえ……」

松下はそれきり絶句し、だが伊沢は会心の笑みで、

「お蝶、よくやった。さすが七五郎の娘であるな。親子二代の十手、わしは鼻が高いぞ」

褒められてもお蝶はにこりともせず、暫《しば》し茫然《ぼうぜん》としていたが、やがてへなへなとへたり込んだ。

「あたし、こんなお転婆《てんば》じゃなかったはずなんですけど……」

伊沢が得たりとばかりにうなずき、

「それはお蝶、やはり血なのだ。七五郎から受け継がれた、紛《まご》うことなき岡っ引きの血なのであろうぞ」

そう言われると、お蝶は「お父っつぁん」と声を震わせてつぶやき、たちまち涙を溢れさせた。七五郎の血を間違いなく引いていると言われ、嬉しくてならなかったのだ。

父、七五郎のことと、緊張の弛《ゆる》みのせいもあって泪はとめどなく流れて、

(嫌だ、あたしったら、こんなに泣き虫だったかしら)

と思った。

十五

咲いたと思ったらはかなく散るのが桜の定めで、その日は意地悪な風が不忍池の周りに吹き荒れた。

美濃清の一人娘八重《やえ》は母親のお藤から使いを頼まれ、下谷坂本町《さかもとちょう》からの帰りに桜吹雪《さくらふぶき》を見て、暫し茫然と佇《たたず》んだ。

花弁《はなびら》が池を白く埋め尽くし、えもいわれぬ風情なのである。

それは遠い昔に見た郷里の景色と重なり、八重を圧倒し、われを忘れさせた。様々な思いが駆けめぐり、あるいは悲しい気持ちにもなった。そしてうなだれてとぼとぼと歩きだした。

もの思いに沈んでいた八重が気配に気づいて顔を上げると、三人の若い男が取り囲んでいた。

三人とも月代《さかやき》を伸ばした遊び人の風体だ。

「おめえ、いい躰してんじゃねえか」

年嵩《としかさ》が八重の肢体に露骨に目を這《は》わせ、与太者《よたもの》っぽく言った。

言われる通りに八重は背が高く、十六歳とは思えぬ発育ぶりだった。肉体はむろんのこと、面立《おもだ》ちも美少女そのものなのである。

すると——。

八重の表情に烈しい怯《おび》えが浮かんだ。顔は青褪《あおざ》め、異常な反応を示し、今にも震えさえ起こしそうだ。

遊び人たちはそんな変化には無頓着《むとんちゃく》で、一人が「ちょっとつき合え」と言って八重の手をひっぱった。

「ううっ」

八重の口から唸るような声が発せられ、いきなり手をふり払って駆けだした。遊び人たちがけらけら笑ってそれを追う。

木々の繁ったなかで八重は捕まり、三人が獣のように群がった。

「ああっ、うわあっ」

異様な八重の叫びだ。

それが逆に火に油を注いだのか、猛《たけ》り狂った三人が八重を押し倒し、着物を剥ぎにかかった。

そこへ虎三が弾丸のように走って来て、ものも言わずに三人を八重から引き離し、拳骨《げんこつ》をふるって蹴散らし始めた。

二つ三つ殴られ、遊び人たちは逃げ散って行く。

そこでほっとしたように、虎三が八重を見た。

八重はうずくまり、烈しく喘《あえ》ぎ、異様な呻《うめ》き声を上げている。

虎三が一方を見ると、一部始終を離れた所から見守っていたお蝶が近づいて来た。

お蝶が八重の近くに屈み、慎重に声を掛ける。

「あんた、もう大丈夫よ」

八重は顔も向けず、啜《すす》り泣いている。

「ねっ、ちゃんとこっちを見て」

お蝶の言葉に八重は敵意ともとれる強い目を向けた。怯えた唇が紫色だ。そして
やおら立ち上がると、一目散に逃げて行った。

お蝶と虎三が呆気《あつけ》にとられたようにそれを見送る。

すると逃げ去ったはずの年嵩の遊び人がこっちへ戻って来て、二人へ揉み手をし

てすり寄って来た。

「うへへ、どうでしたか、あっしらの芝居。真に迫ってたでしょう」

「ああ、うめえもんだったぜ。まさかあんなことは本当にはしてねえよな」

「ぶるる、滅相《めっそう》もねえ」

「よし、ご苦労さん」

虎三が賃金を与え、年嵩は三拝九拝してそれを押し頂き、消え去った。

お蝶の提案で三人の遊び人を雇い、八重の身に火の粉を降りかからせてみたのだ。しかしこれほど度外《どはず》れた反応を八重が表すとは思っていなかったから、お蝶は啞然としたのである。

「おめえの睨んだ通りだったな。あんな目に遭えば無理もねえが、それにしてもあの娘は大分変だったぜ」

「そうよ、あの様子はとても尋常じゃなかった。心がずたずたにされている感じよ。何かあったのよ、きっと」

「そりゃいつ頃のこった」

「ずっと昔、甲州大月宿の話だと思うけど。あの子、その疵をずっと抱えたまま今日までできたんだわ。だから男に触られるだけで震えがくるのよ」

「それにしてもおめえ、どうしてそれがわかった」

「勘よ、あたしの。元お代官様から大月の話を聞いた時にぴんときたの」

「なんだかこの先が思いやられるなあ、随分と厄介そうだぜ、この一件は」

「うん、そうね。母親も娘も心を閉ざしていると思う。その奥底はなかなか覗かせてくれないでしょうよ」

「どうする、お蝶、こうなったらよ、二人揃ってしょっ引くのが一番手っとり早いんじゃねえのか」

「そんなことしないわ」

「けど、おめえ」

「大丈夫、あたしに任せて」

だってこの相手は加害者でいながら被害者なのよと、そう言いたい気持ちをお蝶はぐっと抑えた。

十六

帰って来るなり自室に引き籠《こ》もったままの八重のことを見に行き、お藤は険しい表情になった。

八重は布団を頭からひっ被り、躰を丸めていたのだ。

「どうしたの、八重。何があったの」

お藤が布団の上から揺さぶっても、八重は頑に顔を見せようとはしない。

途方にくれ、お藤は不安が募り、やがて思案の末に、

「わたしに言えないようなことでも起こったの？」

小さな声で聞いてみた。

「怖い目に遭ったの」

布団のなかからくぐもったような八重の声が返ってきた。

「どんなこと」

「言いたくない」

「それじゃ話にならないわ、言ってご覧なさい」

「五年前みたいな……」

「ええっ」

お藤が血相を変えると同時に、八重が布団をはね上げて髪の乱れた顔を見せ、

「もうあんなこと、二度と嫌よ」

悲痛な声で言った。

八重は青筋を立て、細かく身を震わせている。

「落ち着いて。いったい誰に、どんなことをされたの」

「ここいらでよく見かける与太者よ」

「それが?」

「………」

「襲われたの?」

「………」

「ねっ、八重」

「ずっと思ってたけど、その八重って名前嫌いだわ」

お藤が戸惑って、

「でも名前を変えないことには……わたしだってお甲って名前捨てたでしょ。二人して江戸でやり直そうって、そういうつもりで」

「あたしは元に戻りたい」

「それならいいわ、今日から加代に戻りなさい。そんなことより襲われてどうしたの、切り抜けたの？」

「助けて貰った」

「誰に」

「前に一度うちへ来た人。女の御用聞きの人よ」

「……………」

お藤の表情が凍りついた。

それで聡明《そうめい》なお藤はすべてを悟った。

ここへお上の手が伸びているのだ。

黙り込んだ。

すうっと席を立ち、お藤は部屋から出て行った。

そして廊下をやって来ると、裏庭の方から物音が聞こえてきた。

そっちへ目を走らせたとたん、お藤が眉を険しく寄せた。

雑木のなかに使ってない古井戸があり、お蝶がこっちに背を向けて地面に屈み、何やら調べているのだ。

「……」

烈しい感情が突き上げ、お藤の表情に怒りにも似たものが浮かんだ。だがそれは束《つか》の間《ま》ですぐに平静に戻り、何食わぬ顔で庭下駄《にわげた》を突っかけ、庭を突っ切って裏庭に近づいて行った。

下駄の音にお蝶がふり向き、にっこり笑った。

「あら、まあ、女将さん、勝手なことしてすみません」

「いいえ、何をなすってるんですの」

「証拠探しですよ」

「えっ」

「ここで芥子蔵の血を洗ったんですねえ」

「……」

「首を切り落としたのもここです。もう大分日が経っちまいましたけど、土のなかに血が沁み込んでいます。あとでお役所の人たちを呼んで調べて貰いましょう」

「……………」

「この井戸塞《ふさ》いでありますよね、でも汲《く》んでみたらよく水が出ました」

「……………」

「どうして何も言わないんですか」

お藤が紙のように白い顔を上げ、おぞましい声で言った。

「こんな所ではなんでございます、うちへお上がり下さいましな」

母屋《おもや》を指し示した。

その目は忌《い》まわしいように、じっと古井戸を見ている。

「はい、そうしましょう」

笑みのなかに、お蝶も張り詰めたものを見せていた。

十七

「さっ、どうぞ」

お藤に勧められても、お蝶は茶に手を出さなかった。

それは「無冤録述」の教えで、

〈聞き取りを行いし折、その者とはかならずや隔たりを置くべきこと。俄に襲いかかりしことなきにしもあらず。またその者の供するもの、水、茶であろうが一切口にせぬこと。その者にいかなる謀《はかりごと》あるや知れず、油断すれば毒殺さるること可なり〉

とあったからだ。

それでお藤だけ茶を啜り、

「わたくしをお疑いなんですの」

「………」

「でもどうやって芥子蔵親分を。力士みたいな大きな躰の人だったんですからね。

息の根を止めることはおろか、その亡骸《なきがら》を持ち上げるなんてとても無理ですよ。ましてやおまえさん、生首を切り落とすような芸当、このわたくしにできると思いますか」

「ええ、そりゃもちろんそうですよ、女将さん一人ではね」

お藤が刺すような目をくれて、

「まさか、娘が手伝ったと」

「ええ、あたしはそう思ってます」

「………」

「もう何もかもわかっちまってるんですよ、女将さん。お二人の名前はお甲さんに加代さんです。江戸に来て変えたんですね。ちなみに芥子蔵の元の名は長五郎、在所は甲斐国都留郡猿橋宿壺坂村です」

「………」

「あんなことがあったあと、女将さんは甲府ご城下の仏具屋の実家には一度も戻ることなく、加代さんを連れて長五郎を追う旅に出たんです。道中、長五郎の噂を掻き集めて、江戸へ向かったことがわかったんでしょう。そうして上野へ来て、池之《いけの》端《はた》に料理屋を買って商売を始めました。最初の頃は店はほとんど人に任せて、恐らく来る日も来る日も長五郎を探しつづけたんだと思います。両国でやくざ稼業の長五郎を見つけた時は、天が味方してくれたと思ったんじゃありませんか」

「…………」

「愚かですよね、あの男も。どこかに息をひそめて隠れ住んでいればわからないものを、大勢の子分をしたがえておおっぴらにやってたんですから。そういうことができたのも、大月宿の名主さんから奪い取った三百両のお蔭なんです」

「…………」

「違いますか、お甲さん」

再度実名で呼ばれたとたん、お藤がぐらっと姿勢を崩した。

重い沈黙が流れた。

お蝶は食い入るようにお藤を見ている。

やがて——。

「……申し訳ありません、すべておまえさんの言う通りですよ」

覚悟の目を上げ、お藤が言った。

お蝶は言葉を呑み、固唾《かたず》を呑むようにしてお藤を凝視している。

お藤が告白する。

「長五郎を見つけ、わたくしは怨み心を抑えて近づきました。そして長五郎をうまいこと取り込み、何度かここへ来るようになるうちに、いつ殺してやろうかと隙を窺《うかが》いつづけたんです」

「待って下さい。長五郎は押込んだ先の女将さんの顔を憶えてなかったんですか」

「わたくしのことなどろくに見もしませんでした。あの男の狙いは金子と、加代の躰だったんです」

「その時、加代さんは」

「十一歳でした」

お蝶が声を呑んだ。

「今の加代よりもっと小さくて華奢《きやしや》でした。本当の子供だったんです」

「それを、長五郎が……」

小さな声でお蝶が言った。

「辱《はずかし》めたんです、獣が。あの時泣き叫ぶ加代の声が今でも耳に残っています。わたくしと名主の亭主は縛られていて、何もできませんでした。子が目の前で汚されるのを、只《ただ》見ている親の身になってみて下さい」

「………」

「わたくしはその時に狂ったんです。今でも狂ったままですよ。変わってません。とても尋常な心の持ち主じゃなくなったんです」

「………」

「あの晩、酔って潰れた長五郎をわたくしが手拭いで首を絞めて殺しました。それをさっきの裏庭まで一人で運んで、斧《おの》で首を切り落としたんです。釣瓶《つるべ》で何度も何度も水を汲み上げ、あいつの血を洗い流しました。そうして躰を二つにすると、首を先に弁財天の横の経堂へ置いてきて、取って返して胴体を池に投げ込んでやりました。あの人でなしの最期を、どうしても大勢の人目に晒《さら》してやりたかったんですよ」

また沈黙が流れた。

「……庇ってますね、女将さん」

お蝶の声が、お藤の胸に突き刺さった。

「あたしは加代さんが手伝ったと思ってるんですけど」

お藤が毅然《きぜん》とした目を上げた。

「あの子はまだ十六なんですよ。そんな小娘にまで、おまえさんは縄を打つというんですか」

鬼だと言われかねないので、お蝶は困惑して、

「いいえ、縄を打つ打たないはともかくとしてですね、あたしは本当のことが知りたいんです。加代さんにも話を聞かせて貰っていいですか」

「その必要はありません」

お藤がはねつけた。

「どうしても」

「ええ、わたくしがこうやって白状してるんですから、それで十分じゃありませんか」

「でもねえ」

喉が渇いたのか、自分のを飲み干してしまったお藤が「失礼」と言って、お蝶の茶に手を伸ばした。

（毒は入ってなかったんだ）

そう思って、お蝶は静かに茶を飲むお藤を見ていた。

それからおもむろに、

「女将さん、やっぱりここへ加代さんを呼んで下さいな」

「お願いです、お蝶さん。加代には何も聞かないでやってくれませんか。この件はわたくし一人が……」

不意に、お藤の表情に苦悶が浮かんだ。

お蝶があっとなってすり寄った。

「女将さん、毒を」

お藤の顔はみるみる土気色《つちけいろ》に変化し、唇をわなわなと震わせて、

「わたくしに同情なんていりませんよ、こうしておまえさんを殺そうとしたんですから」

「なんで、どうして……」

お蝶はお藤を抱きしめるうち、激情が突き上げてきた。

「加代のこと、お願いします。後生《ごしょう》ですよ。わたくしがいなくなったあと、あの

子の身の立つようにしてやって下さい。それだけを、どうしても……」

必死の形相《ぎようそう》で娘の行く末を託し、お藤はお蝶の腕のなかでこと切れた。

「………」

お蝶は茫然自失である。

十八

お蝶は八重こと加代に問い糺し、芥子蔵殺しの一件を白状させた。

それはお藤、いや、お甲毒死の翌日のことで、芥子蔵殺しには一切蓋をし、あくまで美濃清の女将自死という体裁にして、店ではとむらいの支度をしている最中であった。客を断り、番頭が主になってとむらいの采配《さいはい》をふっている。

その奥の間で、お蝶は加代にだけはお甲毒死の真実を話し、芥子蔵をどのようにして殺したかを問うた。

母親の死の衝撃からまだ醒《さ》めやらぬまま、それでも加代はしっかりとした口調で告白した。

「酔わせて眠っている芥子蔵の首に母さんが手拭いを巻きつけ、あたしの見ている前で絞め始めました。ところが芥子蔵が目を覚まして暴れだしたので母さんは投げとばされ、あたしが母さんの代りに馬乗りになってあの男の首を絞めたんです。そうして二人して裏庭まで死骸を引きずって行き、斧で首を切り落としました。あとはお蝶さんが母さんから聞いた通りです。あの人でなしを世間に晒してやるために、生首を不忍池に置いてやったんです」

加代も加担していたのだから、お甲とは同罪で、罪は免《まぬが》れない。お甲亡きあと、芥子蔵殺しの下手人として加代は罰せられねばならない。

たとえ人を殺めても、十五歳以下なら情状酌量《じょうじょうしゃくりょう》の余地ありとされ、お上のお情けに縋《すが》ることは叶うが、加代は十六歳なのである。

それをどうするか。

お蝶は今際《いまわ》の際《きわ》にお甲から頼まれたこともあり、それに強い責任を感じ、徹底して加代を助けるために奔走《ほんそう》した。

まずお蝶が知った事実を隠蔽《いんぺい》せず、与力伊沢、同心松下に腹を割ってすべてを語り、加代だけは見逃してやりたいと、おのれの強い意思を示した。

その希《のぞ》み叶わぬのならと、十手を伊沢の前に差し出し、お蝶は一歩も引かぬ気魄《きはく》を見せて両名に詰め寄った。

十手返上を賭けたのだ。

その結果、加代の罪は不問に付すこととなった。

伊沢、松下、お蝶、そしてあとから話を聞いた虎三の、四人だけの秘密となったのだ。

そうして加代は解き放ちが決まり、南茅場町《みなみかやばちょう》の大番屋から、お蝶と加代は揃って出て来た。二人して日本橋へ向かって歩きだす。

美濃清は潰さず、伊沢が後見人となって存続されることとなり、名ばかりではあるが、加代は一応は若女将という門出の日である。

すっかり桜も散って、春の砂塵《さじん》が橋上に吹き上げていた。橋のなかほどまで来ても、嵐で先が見えない。何も見えないその先に、ゆらゆらと陽炎《かげろう》が揺れていた。

あっと小さくつぶやき、加代が立ち止まった。

「どうしたの」

お蝶が加代を見た。

「陽炎……」

「うん、そうね」

「あれを見たのよ、大月でも」

「……」

「母さんと二人して大月を出る時、陽炎が燃えていた。あたしは行きたくなかった、ずっと大月にいたかった。郷里を捨てたくなかったのよ。あの陽炎を見て、とても悲しかったのを憶えているわ」

お蝶がたまらなくなり、加代を抱いてやった。

「前へ進もう、加代ちゃん。もう進むしかないわ。おっ母さんが見てるのよ」

「……」

「ねっ、そうでしょ」

「そうね、そうだわ。あたし、しっかり生きてかなくちゃ。折角お蝶さんに助けられたんだもの」

「それに加代ちゃん、世の中には悪い男ばかりじゃないのよ。そこのところ、思い直してね」

「うん、お蝶さんの言う通りにする」

「なんていい子なの、あんたって」

「だってお蝶さんのこと、好きだから」

「あははは、あたしも加代ちゃん大好きよ」

加代の感傷が乗り移ったのか、お蝶も悲しくなってきて、泪が滲《にじ》んだ。

春の嵐は容赦なく、そんな二人を凄まじい勢いで嬲《なぶ》って行く。

第三話　流浪《るろう》の紅

一

「今戸《いまど》箕輪《みのわ》浅草《あさくさ》絵図」によれば、三《み》ノ輪《わ》町《ちょう》は下谷《したや》金杉《かなすぎ》下町《しもちょう》の北隣りに、道を隔てておなじ町が四ヶ所ほど連《つら》なっている。町というより村で、そこは吉原《よしわら》の北西にも当たるのだ。

一面に田圃《たんぼ》が広がり、小塚原《こづかっぱら》の刑場も近いところから、新しく移り住んでくるような人もなく、何年経っても寂しい所なのである。

その死骸を見つけたのは、近くで三ノ輪土器《かわらけ》を焼いている職人であった。金杉町に隣接した梅ヶ小路《うめがこうじ》を歩いていると、やけに野犬の姿が目につき、そのうち鼻の曲がりそうな異臭も漂ってきた。

職人は不審に思って梅林寺《ばいりんじ》の境内《けいだい》へ入り、犬たちを追い散らして臭いの元を辿《たど》って行った。

この寺は花嶽山《かがくさん》梅林寺といい、曹洞宗《そうとうしゅう》で、常陸国《ひたちのくに》（茨城県）宇治合村《うじあいむら》の源照寺《げんしょうじ》が本山《ほんざん》の末寺である。

小さな寺だが、その名の通りに紅白の梅が多く植わっており、時節には近在の人を大勢呼ぶ。

その日は晴れたが、この数日降りつづいた雨のせいで境内の土はぬかるんでいて、職人はいい所を歩きながら寺の裏手へ来た。異臭はそっちの方角なのだ。

背の高い櫟《くぬぎ》の木があり、今は穂状の黄褐色《おうかつしょく》の花を咲かせていて、秋には団栗《どんぐり》を実らせるのだが、その根元に盛られた土が崩れ落ち、人の手首が露呈していたのである。

職人の動きに蠅《はえ》の群れが一斉《いっせい》に飛び立ち、手首に蛆《うじ》の湧いているのがわかった。

二

死骸《ほとけ》はとりあえず梅林寺の裏土間を借り、そこに筵《むしろ》を敷いて横たえられた。

南町奉行所定町廻り同心松下敬四郎、岡っ引きお蝶、虎三夫婦がまずは死骸に向かって合掌《がっしょう》し、おもむろに検屍《けんし》にとりかかった。

戸口では奉行所小者や捕吏《ほり》ら、十五人ほどが遠巻きにしている。

こんな事件が起こったらよその町では大騒ぎだが、さすがに三ノ輪町ともなると野次馬の数は少なく、境内に近隣の者がちらほらと見えるだけである。

一団が三ノ輪町へ駆けつけて来たのは、死骸発見から半日後であった。通信も機動力もないこの頃としてはこんなもので、いや、江戸の中心から外れた場所柄を考えると、むしろ早い方かも知れなかった。

死骸は女で、身ぐるみ剝《は》がされた全裸であった。

それだけに生前を知る手掛かりは一切得られず、島田髷《しまだまげ》には櫛《くし》やかんざしなど、飾り物は何も挿《さ》していなかった。物差《ものさし》で身の丈を測《はか》ると五尺三寸（約百六十一センチ）ほどあり、この頃の女としては大きい方である。
松下は厳粛《げんしゅく》な面持ちで女に屈み、その躰《からだ》を探り始めた。肩、首筋、胸、腹、下腹部に触れて調べ廻る。陰毛は濃く覆《おお》われ、秘部を隠している。

お蝶もそれを手伝うように、横から女の躰を改めだした。腐臭がたまらないから、お蝶は手拭いで口許をきつく縛りつけている。それで極めて冷静に、女の正体を探ろうとしている。

虎三は手を出さずに見守っている。

「無冤録述」に曰《いわ》く。

〔みずからを縊《くび》りて死せし者、首の周りの痕《あと》はぐるりとは交わらぬなり。肉色黄ばみ、両目は閉じられ、唇の皮は開きて歯を露《あらわ》にし、舌を咬《か》み出すなり。両手握りしめ、かならずや脱糞《だっぷん》あるなり〕

さらに記述はつづく。

〔旧《ふる》くより、人に絞め殺されし者を勒死《ろくし》というなり。その屍《しかばね》は口開き、目見開き、怨み怒りて睨みつけている如くなり。首の辺に絞め痕歴然《れきぜん》と残り、黒色となり、喉《のど》骨《ぼね》落ちているなり。これぞ人に絞め殺されし証《あかし》なり〕

脱糞はなく、女の躰に汚れはなかった。

お蝶は懸命に観察眼を働かせている。

（首の辺りが黒ずんでいるのは、無冤録述にある通りに勒死であることを示している。誰かに絞め殺された揚句《あげく》、身許が知れないように衣類やら何やら、下手人《げしゅにん》が身の周りのものを剝ぎ取ったのね。島田髷を少し高めに結《ゆ》っているのは派手好みか、あるいは商売柄かなあ。面立《おもだ》ちは肉が崩れ始めているから、美人なのか不美人なのかよくわからない。年も三十代か四十代なのか、二十代ということはまずないわね。幅をとらないとなんともいえないけど、この人の感じからいってよくて三十代、あるいは四十代ってとこかしら……）

「おまえ、どう思う。仏はどんな女かな」

松下に問われ、お蝶は手拭いの下から戸惑いながら答える。

「素人《しろうと》ではなく、といって玄人《くろうと》でもないような……」

「どっちなんだ」

「わかりませんよ」

お蝶が微《かす》かに目許を笑わせる。

「素人でないという根拠はなんだ」

「これを見て下さい」

お蝶が女の右足の親指を指し示した。

その爪先にだけ、剝《は》げかかって薄くなってはいるが、紅が塗られているのがわかる。

「見えない所に紅を差すってのが、辰巳《たつみ》のお姐《ねえ》さん方の今の流行《はや》りなんです。そこいらの町場のおかみさんはこんな遊び女《め》みたいなことはしませんね、亭主に怒られちまいますから」

「ねっ、おまえさん」と言って、お蝶が虎三に話をふった。

虎三はうすく笑って、

「そうさなあ、おれも感心しねえなあ。おめえがやったとしたら、やめさせるだろうぜ」

「あたしゃやりませんよ。そういうことなんです、松下の旦那」

「では深川芸者なのか」

「それがそうとも……芸者衆のわりには手が荒れてるんですよ」

「それは骸《むくろ》が傷んでいるからだろう」

「いえ、これは……」

その時、お蝶が「あら」と言って女の右手のひらを開いて見入った。肉は脆《もろ》くなっていて、今にも崩れそうだ。

松下、虎三も横から覗き見る。

「どうしたい、お蝶」

虎三が問うた。

「手のひらに撥《ばち》ダコが。そうなるとやっぱり芸者さんなのかしら。でもなんか違うんですよねえ。芸者じゃない別の稼業みたいな、あたしはそんな感じがするんです」

「撥ダコといったらおめえ、ふつうは芸者衆と考えるもんだろう」

「芸者衆がみんな三味線《しゃみせん》を弾けるとは限らないし、三味線を扱う稼業の人はほかにも沢山《たくさん》いるわよ。下座の囃子方《はやしかた》や義太夫《ぎだゆう》、新内流《しんないなが》しだってそうでしょ」

そこでお蝶は「あぁっ」と言って嘆きのような声を漏らした。

どれもこれも推量ばかりで決め手に欠け、気短な彼女を苛立《いらだ》たせたのだ。

三

三十代から四十代の女で右手に撥ダコがあり、背丈は五尺三寸――その年恰好で、ふた月ほど前に行方を絶った女を探すことから調べは始まった。

しかし奉行所に届けのある失踪人は百人近くいて、それを一件ずつ当たるだけでも半月を要した。

江戸の町は春の盛りで、日に日に暑気が高まっている。

松下の命で他の岡っ引きらも動員され、虎三も九女八に声を掛け、それぞれが届けのあった所（住所）へ行って事情を聞きに奔走《ほんそう》した。

岡っ引きたちはさらに大勢の下っ引きを稼働させるから、探索の人数はかなりなものとなった。

ゆえに岡っ引きたちの溜り場として、日本橋伊勢町《いせちょう》にある塩会所《しおかいしょ》の広座敷が二つ、開放された。

下り塩、つまり瀬戸内海《せとないかい》沿岸諸国で作られた塩が、大坂を経由して江戸に運ばれ、また下総《しもうさ》行徳《ぎようとく》や武蔵《むさし》大師《だいし》河原《がわら》産の地廻《じまわ》り塩など、塩会所は江戸で流通する塩を一手に扱う所で、大きな役所だから明き部屋は幾つもあった。

松下が上申して許可されたものだ。

行方知れずといっても事情はまちまちで、取るに足りない親子、夫婦喧嘩、また長年に亙《わた》る嫁《よめ》姑《しゆうとめ》の確執や、意に副《そ》わぬ再縁を嫌って家出をしたりで、なかにはもう戻っている者もいた。それならそうとなんで奉行所に届けねえと、その件に当たった岡っ引きは家族に怒ったものだった。

それらを丹念に当たり、篩《ふる》いにかけた末、中年で三味線ができて、撥ダコのありそうな女が八人残った。

さらにそのうちの二人は、身を寄せた先で病死と事故死が確認された。それらに事件性があったら面倒なことになるが、幸いにもそれはなく、残るは五人となった。

その五人の身の丈は五尺一寸から五寸で、身許、事情はこうである。

深川黒江《くろえ》町《ちよう》八幡橋際《はちまんばしぎわ》甚六店《じんろくだな》、そこに住む指物師《さしものし》金七《きんしち》の女房お才《さい》三十五は、一月二十七日の晩に湯屋《ゆや》へ行くと言って家を出たきり、もう三ヶ月以上音信不通である。

神田明神下同朋町《どうぼうちょう》、伽羅《きゃら》油《あぶら》、白粉《おしろい》、化粧道具などを扱う吉野屋《よしのや》綱右衛門《つなえもん》の女房お鹿《しか》三十二は、二月三日の夕暮れに惣菜《そうざい》を買いに出たまま、行方不明となった。

四谷《よつや》車力横丁《しゃりきよこちょう》勘兵衛店《かんべえだな》、羽黒《はぐろ》の修験者《しゅげんじゃ》観喜院《かんきいん》秀雲《しゅううん》の妻お縫《ぬい》三十は、二月七日の大雪の日に、雪下ろしに屋根へ上がったきり、姿を消した。

上野《うえの》根岸《ねぎし》の里に住む蒔絵師《まきえし》藤州《とうしゅう》斎抱一《さいほういつ》の姉登女《とめ》三十七は、二月十日に亀戸《かめいど》天神の雪景色を友人五人と見に行くと言い残し、友人の女たちは帰って来たのに、登女だけ戻らなかった。

本所押上村《ほんじょおしあげむら》御膳《ごぜん》生蕎麦《きそば》松寿庵《しょうじゅあん》半五《はんご》の妹お伝《でん》三十二は、行く先も告げずに二月十五日にいなくなった。

篩いにかけられて残るだけのことはあり、この五人は共に好きで三味線をやっており、したがって撥ダコができるほど稽古をしているから、どの女が三ノ輪町の死骸であっても不思議はなかった。

四

その頃、三ノ輪町の死骸は梅林寺から本所回向院《えこういん》へ移され、早桶《はやおけ》のなかに安置されてあった。身許のわからぬうちは埋葬も叶《かな》わぬのである。

しかし日が経てば経つほど死骸は白骨化が進み、今やどこの誰やら、ほとんど判別叶わぬ状態になりつつあった。

回向院は芝増上寺《しばぞうじょうじ》の末寺で、明暦《めいれき》の大火で江戸の大半が焼き尽くされ、十万人以上の焼死者を出した。それをとむらうために同寺は建立《こんりゅう》されたもので、明暦以後、変死者や行き倒れの仏などの供養《くよう》をも一手に引き受ける寺院となり、奉行所とは密接な関係にあった。

そこへ指物師金七、吉野屋綱右衛門、修験者観喜院秀雲、蒔絵師藤州斎抱一、松

寿庵半五が呼ばれ、仏と対面して首実検《くびじっけん》の運びとなった。

立会人は松下敬四郎、お蝶、虎三、そして神田界隈《かいわい》を地盤とする岡っ引き多吉《たきち》である。

老いて世馴れた多吉が五人を見廻し、まずは首実検の前に尋ねた。

「仏を見せるめえによ、それぞれの女たちの身の丈をもう一遍《いっぺん》言ってくれねえか」

すると綱右衛門が青い顔で進み出て、

「お鹿の背丈は尋常でした。五尺一寸か二寸じゃなかったかと」

「ふむ、そっちは」

金七は苦み走った顔を暗くさせ、

「お才はでけえ女でしたよ。確か五尺五寸だと聞いたことが」

つづいて修験者観喜院秀雲、蒔絵師藤州斎抱一、松寿庵半五が妻、姉、妹の身の丈を告げた。

そのなかで藤州斎抱一の姉登女は五尺三寸と、仏とおなじであった。

「どうしやしょう、旦那」

多吉が松下に判断を仰いだ。

「ともかく骸《むくろ》を見て貰おうではないか」

松下が言い、多吉にうながした。

多吉が承知して早桶の蓋《ふた》を取り外し、五人を目顔で呼んだ。

五人がおずおずと桶に寄り、なかを覗き込む。

死骸は黒ずんで木乃伊《みいら》のような有様だったが、それでも五人の男たちは刻み込まれた記憶を頼りに、矯《た》めつ眇《すが》めつ必死で見入った。

その結果――。

「違います、これはお鹿じゃありません。よその人です」

「あっしん所もおなじでさ。お才じゃござんせんね」

藤州斎抱一は最後まで残って仏を見ていたが、

「やはり姉さんじゃありませんな。いくら仏になって縮んだといっても、姉の登女は顔の大きい女でしたから、これは別人です」

他の二人も異口同音《いくどうおん》に違うと言った。

しかしそう言ったあとの五人に安堵感《あんどかん》はなく、藤州斎抱一が皆の思いを代弁するようにして、

「違ったからといって、喜ぶわけにも……もう三月《みつき》近くも帰って来ないんじゃ、この世にいないと思った方がいいんですかねえ、お役人様」

言葉の返しようもなく、松下は黙したままだ。

五人を帰したあと、四人はその場で暫《しば》し考え込んだ。

「これで糸はぷっつり切れたな、まるっきりお手上げだよ」

松下が疲れを滲《にじ》ませた声で言えば、虎三と多吉は言葉もなく、押し黙るしかなかった。

「おい、お蝶、何かよい思案はないか。おまえ、さっきから黙り込んでどうしたのだ」

松下に言われ、考え込んでいたお蝶がぱっと顔を上げた。

「三味線ですよ、松下様」

「なに？」

「ちょっとご免なすって」

言うなり、お蝶がとび出して行った。

そして意気《いき》消沈《しょうちん》して帰って行く金七、綱右衛門たちに山門の所で追いつくと、

「皆さんにお尋ねします」

五人が何事かとお蝶にふり返った。

「女の人たちは誰に三味線を教わってましたか」

「だ、誰にって言われても、あたしん所は明神下の文字若《もじわか》って小唄《こうた》のお師匠さんでしたけど」

まごつきながら綱右衛門が答える。

金七も不審を浮かべながら、

「おれん所は町内のご隠居さんでしたよ、それが何か」

「いえ、その……」

他の三人も口々に三味線を教わっていた者の名を出すが、場所は飛んでいるし、共通した師匠はいなかった。

「なるほど、うむ……」

お蝶が唸った。

追いついて来た松下、虎三、多吉が怪訝《けげん》にお蝶を見て、

「お蝶、三味線がどうしたというのだ」

松下の言葉に、お蝶は落胆《らくたん》の声で、

「もしかして、皆さんに三味線を教えてるのがおなじ人じゃないかと思ったんです。三味線で何かがつながるかも知れないと。でも駄目でした。そりゃそうですよねえ」

そう言うと、がくっとしゃがんで膝と膝の間に顔を埋めた。

五

岡っ引きの溜り場として折角《せっかく》塩会所を借りたのに、二つの広座敷はいつもがらんとしていた。

虎三、お蝶を始め、岡っ引き連は出払っていることが多く、皆それぞれに巷《ちまた》に散って、三ノ輪町の仏の身許だけでも割り出そうと躍起《やっき》になっているからだ。ましてやこうして探索が手詰まりになった以上、会所でのんびりなどしていられないのである。

ところが九女八はそういう動きには一向にお構いなしで、気が向いた時だけ浅草から日本橋までやって来て、顔見知りになった下っ引きたちから探索の状況を聞き出し、自分もいっぱしの御用聞きになった気分で、当てずっぽうに意見なども言っていた。

それで田原町の炭屋の実家へ帰れば、隠居した父親や奉公人らを前にして、まるで自分の働きのようにして、下っ引きらから聞いた話をするのだ。

その日も昼過ぎにふらりと会所へ来たものの、誰の姿もなく、日盛りで喉が渇いたので麦湯を淹《い》れて一人で飲んでいると、「ご免下せえやし」と老人の声がした。

九女八が「へい、へい」と言い、岡っ引きたちの出入口に使っている内玄関の所まで行くと、そこそこの身装《みなり》をした白髪《しらが》頭が立っていた。皺《しわ》が少なく、柔和そうなつるんとした顔つきの爺さんだ。

「へい、なんぞ」

九女八が畏《かしこ》まって言うと、老人も腰を低くして、

「あっしゃ日本橋の元浜町《もとはまちょう》で、安楽亭《あんらくてい》という寄席《よせ》をやっておりやす喜平《きへい》と申しやす」

「へっ、安楽亭のご主人なんですかい」

九女八が目を丸くして頓狂《とんきょう》な声を出す。

「そうです」

「こいつぁまた、恐れ入ったなあ。いえね、安楽亭ならよく行くんですよ。今はなんてったって古今亭桃太郎《ここんていももたろう》と金原亭牛若《きんげんていうしわか》が面白いですよねぇ」

噺家《はなしか》の名を出した。

「あはは、よくご存知だ」

「それで、どうしました。ここへは何しにお出《い》でなすったね」

「人伝てに聞いたんですが」

そう言って喜平は急に声をひそめ、九女八に顔を寄せて、

「このお役所をお上が借り上げて、行方不明の人を探しているとか」

「ま、まあ、そうなんですがね、これにはいろいろとわけが」

「どんな人を探してるんですか」

九女八が警戒の目になり、

「どうしてそんなことを」

「いえ、実はあっしの身の周りにもいなくなっちまった人がいるもんですから、そ

れでついでに探して貰おうかと」

「ついでに？」

「はっきりわからねえんですよ、好きな男でもできてどっかへ行っちまったんなら、それはそれでいいんですがね。もう三月も音沙汰《おとさた》がねえもんだから、いくらなんでもしんぺえになってきて」

「三月……」

いかに九女八がぼんくらでも、三ノ輪町の仏が死んだのはそれくらいと聞いていたから、さすがに胸が高鳴ってごくりと生唾を呑み込み、

「本当に三月も音沙汰がねえんですか」

「さいで」

「好きな男でもってことは、いなくなったのは女なんですね」

「うちの寄席に出てる芸人さんです」

九女八が息を呑むようにして、

「安楽亭で女の芸人さんていったら、もしかして義太夫語りの」

「竹本浮太夫《たけもとうきだゆう》です」

「うわっ」

九女八がたまげた。

「ご存知で？」

「知ってるも何も、大変な人気芸人さんじゃないですか。あたしは何度も見に行きましたよ。ちょっと年増《としま》だけど色気があって、大層な別嬪《べっぴん》さんです」

「それが何も言わずにいなくなって、うちとしても困ってるんですよ」

「そう言やぁ、ここんとこいつ行っても出てなかったなあ」

「代りの娘義太夫を呼んでやらせてますが、こいつが下手糞《へたくそ》で、器量もよくないからちっとも人気が出ません」

「ああ、春駒《はるこま》太夫でしょう、あれは頂けませんね」

「どうでしょう、浮太夫を探して貰えませんか、親分」

親分と言われ、九女八は嬉しくなって、

「わっかりました」

と言い、薄い胸を叩いてみせた。

六

そして今再びの、回向院である。

早桶から担ぎ出そうとするも、肉も骨もぼろぼろに崩れてしまいそうなので、虎三と九女八が二人掛かりで桶をゆっくりと倒し、横たわった死骸を安楽亭の喜平に見せた。

喜平はおぞましい顔で離れた所から見守っていたが、虎三にうながされても、身を硬くしてその場から動けないでいる。

その喜平をお蝶がそっと支えるようにしてうながし、ようやく喜平が蹌踉《そうろう》とした足取りで死骸のそばまで行った。

だがそれは生前の面影などどこにもなく、ほとんど骸骨《がいこつ》に近い醜悪な状態だったから、喜平はすぐに目を逸《そ》らし、声を震わせて、

「こ、これじゃどこの誰やら……あっしにはわかりやせんよ」

「喜平さん、これを見て下さい」

お蝶が桶に手を突っ込み、慎重に死骸の向きを変えて右足を持ち上げ、その親指の爪を指し示した。

喜平が手拭いで口許を押さえながら恐る恐る近づき、爪先に微かに残された紅を見て、

「あぁっ」

大きな声で叫んだ。

お蝶が表情を引き締め、

「浮太夫さんは爪に紅を塗ってたんですね」

「そうですよ、辰巳の芸者衆の間で流行ってるからって、それを真似て、足のそこに楽屋で塗ってました」

「手のひらには撥ダコもあったんです」

「そりゃもう、三味線稼業ですから当然ですよ」

「この仏の背丈は五尺三寸です。浮太夫さんに間違いありませんか」

がくっとうなずき、喜平はしゃがみ込んで号泣《ごうきゅう》を始めた。

庫裡《くり》の一室を借り、お蝶は喜平と向き合った。

虎三、九女八も同席している。

「喜平さん、まずは浮太夫さんの素性《すじょう》を聞かせてくれませんか。親兄弟はいるんですか」

「太夫は二年ほど前からうちの寄席に出ることとなって、それからですんで、つき合いはそんなに長くねえんです。身内の話は聞いたことありませんね。そういう話はうちへ来るめえの軽子座《かるこざ》でしていたかも知れませんよ」

「米沢町《よねざわちょう》にある寄席ですね」

お蝶が言った。

「そうです」

寄席に詳しい九女八は内心で、

(軽子座は小さいけど、安楽亭は大きくて立派な寄席だ。てえことは、浮太夫はこの二、三年でめざましい出世を遂げたんだ。あたしの目に留まったのも安楽亭だもんね)

「浮太夫さんの年や在所はわかりますか」

再びお蝶が尋ねる。

「人別によると在所は葛飾《かつしか》の方で、太夫の本名はお松《まつ》っていうんだそうです。年は三十二でした」

「大層な人気芸人だって聞きましたけど」

「へえ、そりゃもう。おひねりだけで日に二両や三両は軽くござんした。しかも太夫は寄席だけじゃなくて、お座敷浄瑠璃《じょうるり》もやっておりましたからな、結構な実入りだったと思いますよ」

「そのお座敷浄瑠璃ってのは？」

「お大名家やお旗本衆の奥向きへ呼ばれてやるんです。そこで太夫はちょいと趣向を変えて太平記《たいへいき》なんぞの軍書講釈《ぐんしょこうしゃく》を語るんですが、そういう戦《いくさ》ものでも勇ましいところは端折《はしょ》って、親子、夫婦の別れとかを哀調切々《あいちょうせつせつ》と訴えるように語るんです。ですんでお武家の奥方衆の泪《なみだ》を誘って、次もまた是非《ぜひ》ってことに。まあ、その辺は壺《つぼ》を心得てるっていいますか、太夫は客の心をつかまえるのが上手《じょうず》でした。だから寄席でも人気者になれたんです」

「それじゃ肝心な話を聞きます」

お蝶がぐっと身を乗り出すと、虎三と九女八も固唾《かたず》を呑んだ。

「浮太夫さんにご亭主は」

「いえ、太夫はずっと独り身を通しておりましたよ」

「子はいないんですね」

「おりません」

「言い寄る男は」

「あの通りの器量でしたから、星の数ほどいました。けど太夫は操《みさお》が固い方で、一向に靡《なび》きません。そういう話をしたことはありませんでしたが、もしかして意中の人でもいたのかも知れませんね」

「そんな人の心当たりは」

喜平は知らないと言って首をふる。

安楽亭以外で、夜出掛けて行ったお座敷浄瑠璃のことは喜平は聞かなかったし、浮太夫の方も言わなかったという。

話はそこまでで、あとは浮太夫の埋葬の相談などをして喜平を帰した。葬儀の費用は喜平が一切持つという。

庫裡の一室に三人は残って、

「お蝶、明るい光が見えてきたようじゃねえか」

虎三が言うと、だがお蝶は渋い表情で、

「そりゃ確かに身許がわかって前には進んだけどさ、この先も深い霧が立ち籠《こ》めてる感じがしてならないわよ。下手人がお武家だという線も出てきたんだから、難儀《なんぎ》よねえ。そうなるとあたしたちは手も足も出なくなるもの」

「お旗本はともかく、お大名筋だと手に負えねえな。縄を打つなんてとんでもねえ話で、こっちの首が飛んじまわあ」

「けどなんで浮太夫が殺されなくちゃならなかったのか、それだけでもつかまないとね」

「そういうこった」

九女八がもじもじとしながら、

「なっ、忘れねえでくれよ、この手柄はあたしのものなんだからね、あたしがいなかったら喜平さんは帰っちまったかも知れねえんだぜ。そこんところ、感謝して貰わねえと。まっ、感謝ったってちょっといい店連れてってくれて、うめえ酒と肴《さかな》をご馳走してくれりゃそれで十分なんだけど……」

一人でぺらぺらと喋《しゃべ》っている間に、お蝶と虎三は九女八など無視し、もう帰り支度をして席を立っていた。

七

三ノ輪町の死骸が義太夫語りの竹本浮太夫とわかったところで、松下敬四郎が判断し、助っ人に狩り出していた岡っ引き連は解放された。したがって借りていた塩会所も明け渡した。

丁度そこへ石川島《いしかわじま》の人足寄場《にんそくよせば》で脱走騒ぎが起こり、松下はそっちの方が忙しくなって、三ノ輪町の件はお蝶、虎三夫婦にすべて任されることになった。

浮太夫のお座敷浄瑠璃の話を聞くと、松下は眉を曇らせて、

「大名、旗本筋に嫌疑が及ぶようなことにでもなったらすぐに知らせてくれ。そういうことも大いにあり得るからな。屋敷に女芸人を呼び入れ、芸の披露《ひろう》だけでなく、当然酒宴にもなるだろうから、そこはそれ、男と女の怪しげな関係に発展した場合

もあろう。それがもつれにもつれてこたびの一件に、ということも考えられるではないか。もしそうなら町方には手が出せぬことだし、お奉行、与力殿を交えて慎重に協議せねばならん。大名なら大目付《おおめつけ》様だし、旗本ならお目付の管轄ということになる。事は極めて重大で、由々《ゆゆ》しきことであるぞ。これがそこいらの無頼やならず者が下手人だと、すんなり事件は解決するんだがな」

よろしく頼むと言い残し、松下は自身番《じしんばん》を出て脱走騒ぎの方へ向かった。

「お蝶、おれたちでやれるだけやってみようじゃねえか」

虎三が言えば、お蝶も力強くうなずいて、

「どっちにしろ、口を拭って隠れてる下手人を引きずり出してやらないとね、浮太夫さんの無念が晴れないわ」

「差し当たってどうする？」

「二人で手分けして、安楽亭と軽子座へ行って浮太夫のことを聞き込むのよ。まずはそこからね」

「へいへい、仰《おお》せにしたがいやしょう、お蝶親分」

「ちょっと、ふざけないで」

「だってよ、捕物やってるおめえって光り輝いて見えるんだぜ。おれなんざ眩《まぶ》しくてとても近寄れねえよ」

「何言ってるの、あたしのたった一人の旦那様なんだから、そんなこと言わないで」

「そうか、わかったぜ、お蝶」

虎三が真顔になってお蝶を見つめ、そして満足げにうなずいた。

八

両国米沢町の軽子座は小ぢんまりとした寄席だが、それでもどっしりとした瓦《かわら》葺《ぶき》で四面塗籠《しめんぬりご》めの作りだった。

寄席の構造は今も昔も大差なく、多くは二階建である。客席は百人、二百人がふつうで、三百人も入ると大入り札止めとなった。しかし軽子座は平屋《ひらや》で、客席は百人ほどである。

虎三が訪ねた時、舞台では一枚看板の真打《しんう》ちの噺家が三題噺《さんだいばなし》をやっていて、客席はお題を出すのに沸《わ》いていた。

楽屋の通路を通り、噺家の内弟子らしい男に寄席の主《あるじ》に会わせてくれと言い、虎三がちらりと十手を見せた。

すると現れたのは中年増の女で、主は臥《ふ》せっていると言い、娘のさんと名乗った。三十過ぎかと思われるが、おさんは白塗の厚化粧なので年はわからず、真打ちの噺家とおなじように黒紋付の小袖に黒の羽織姿だった。それに対し、前座は木綿《もめん》の着物と決まっているのだ。

楽屋を通り過ぎた奥に長火鉢をでんと置いた大部屋があり、そこで虎三とおさんは対座した。

「以前ここに出ていた竹本浮太夫さんのことで、話を聞きにめえりやした」

虎三が来意を告げると、おさんはかっと目を見開き、

「あの人がどうかしましたか」

追及するような言い方をした。

「へい、実は……」

浮太夫が冬頃に殺されたことを虎三が明かすと、おさんは悲しむどころか冷笑を

浮かべ、

「ふん、やっぱりそんな目に……殺《あや》められたんなら自業自得でござんしょうよ」

と言った。

「そんな悪い女だったんですかい」

「恥を話すようですがね、あたしゃあの人に男を寝取られましたのさ」

「そりゃまた……どういう経緯《いきさつ》なんです」

「言いたかありませんね」

「けど、聞かねえことには……」

「そんな話を聞きに来たんじゃござんせんよね。下手人探しなんでしょう。ひとつ間違えば、浮太夫はあたしが殺めていたかも知れません」

「そいつぁ穏やかじゃねえなあ。だったら余計に話を聞きたくなるってもんだ。おめえさんに疑いをかけるつもりはねえんで、是非とも教えて下せえ」

「……」

「頼みやすよ、浮太夫さんに関することはなんでも知っておきてえんで」

「おまえさん、いい男ですね。おかみさんはいるんですか」

おさんがとろっとした流し目をくれた。

厚化粧に封じ込められているから表情がよくわからず、虎三は怖気《おぞけ》をふるって、

「はぐらかさねえで下せえよ」

「いるんですね、おかみさん」

おさんがしつこいので、虎三は腹が立ってきて、

「へい、おりやすよ。まだ貰ったばかりなんでさ」

「……………」

おさんが失望の色を滲ませる。

「それより浮太夫さんとは、どんな人を取り合ったんですね」

「薬研堀の吉田屋《よしだや》という木綿問屋の大旦那さんですよ。奥さんを亡くされてから、ずっとあたしと……そのう、わかりますよね。末も誓い合っていました。そこへ浮太夫が割り込んで、旦那の庄二郎《しょうじろう》さんをかっさらっちまったんです。誰が聞いたって、許せない話だと思いませんか」

おさんがつんと横を向きながら言う。

「ひと悶着《もんちゃく》あったんですかい」

「旦那の前じゃやりませんでしたけど、浮太夫を呼び出してとっちめてやりましたよ」

「そうしたら?」

「泣いて詫びるんです、あの人。あたしと庄二郎さんとの仲を知らなかったって。でもそれは嘘なんです。あたしのいい人だってわかってて誘ったんですから」

「本人が白状したんですかい」

「そうに決まってますよ」

おさんが唇をひん曲げて言う。

浮太夫が白状したわけではないのだ。

「浮太夫さんはおめえさんに遺恨でもあったんですかね」

「そんなものありゃしませんよ。あの女は人の幸せをぶち壊すのが好きなんです。今までもそういうことをやってきたって聞いたことがありますす」

「そいつぁ性悪《しょうわる》だ」

虎三の目からは、毒々しい厚化粧のおさんの方が性悪に見えた。言葉の端々に嘘の臭いがぷんぷんするのだ。

「いるんですよ、そういう悪い女が。おまえさんのおかみさんはどうですか」

「へっ？　嬶《かか》ぁが何か」

「おまえさんの目を盗んで男を作ってるかも知れませんよ」

ねじくれたおさんのものの言い方に、虎三が目を三角にして、

「じょ、冗談じゃねえ、言うに事欠いてなんてことを。あっしの女房はそんな女じゃござんせんよ。まったく、とんでもねえ言い掛かりだ」

おさんという女は悪意に満ちていると思った。人の幸せをぶち壊すのはおさんの方ではないのか。

憤然として軽子座を後にし、だが表へ出るとけろっとし、虎三は念のためにと薬研堀へ足を運び、おさんの話にあった木綿問屋の吉田屋を探してみた。

すると確かにその店は大通りにあって、なかなかの大店で、なかへ入って主の庄二郎を呼び出し、おさんのことを聞いてみた。

庄二郎は四十がらみの鼻筋の通った男で、虎三が岡っ引きと知って何事かと目を慌てさせ、店奥の小部屋へ招じ入れ、おさんとの仲を認めた上で、

「確かにおさんとはそういうこともございましたが、今は切れて赤の他人なんですよ。おさんがどうかしたんですか」

「いえ、肝心なのはおさんさんのこっちゃなくて、浮太夫さんなんで」

「ええっ、浮太夫のことでなんぞ？」

庄二郎の表情が真剣なものになった。

「へえ」

そこで虎三が浮太夫の死を知らせると、庄二郎は「そ、そんな……」と言って絶句し、目を真っ赤にしておいおいと泣きだした。

虎三がおさんと浮太夫の間の悶着を、確かめるようにして問い糺すと、

「はい、仰せの通りのことはございました。でも本当のところはちょっと違うんでございますよ。まずわたしと浮太夫とは理無《わりな》い仲というのではなかったんです。わたしの方はその気になって、太夫を口説《くど》いたんですが首を縦にふってくれませんでした。浮かれ女の芸人風情と世間の人は思いがちですが、太夫は身持ちの固い人だったんです。それがわかればわかるほどわたしは真剣になっちまって、なんとか後《のち》添《ぞ》えにと、そこまで思い詰めたんですが」

女中が茶を運んで来たので、庄二郎は口を噤《つぐ》み、慌てて手拭いで目頭《めがしら》を拭い、女中が立ち去ると、

「そのうちおさんの知るところとなって、ひと騒動持ち上がったんです。おさんは寝取られたと思い込んで、そりゃ太夫にひどい仕打ちをしたようでした。それであの人は軽子座をやめちまったんです」

虎三が茶をひと口飲んで、

「待って下せえよ。あちらの言い分ですと、浮太夫さんは旦那とおさんさんの仲を知りながら、近づいたってことになってやすが」

「いいえ、それは違います。太夫は何も知らないで、わたしが勝手にのぼせ上がっただけなんですから。あの人はそんな性悪な女じゃありませんよ」

「ふむむ……」

それで浮太夫とおさんの二人の女の違いははっきりわかったが、虎三は解《げ》せない顔になって、

「そこんところがよくわかりやせんねえ。経緯はどうあれ、浮太夫さんは旦那の言うことを聞いて、すんなり後添えに収まってりゃこんな結構な話はねえわけですか

ら。浮草稼業《うきくさかぎょう》の芸人なんぞやめて、堅気《かたぎ》の、それもこちらさんみてえな大店の内儀の方がずっといいと思いやすが」

「はい、わたしもそう思ったんですが……」

庄二郎の歯切れが悪くなった。

「それとも太夫にゃ、心に決めた人でもいたんですかね」

「……」

庄二郎がかくっとうなだれた。

「えっ？　どうしやした、そんな人がいたんですかい」

庄二郎が顔を上げ、不確かな目でうなずいて、

「ここだけの話ですけど」

「へえ、聞かせて下せえやし」

虎三が思わず膝を乗り出した。

九

安楽亭の楽屋では、お蝶が浮太夫と親しかった芸人三人を交え、喜平をも同席させた上で、生前の浮太夫のあれこれを聞いていた。

三人は八人芸《はちにんげい》の高砂屋遊八《たかさごやゆうはち》、講釈師の武蔵坊弁松《むさしぼうべんまつ》、義太夫語りの春駒太夫である。

まずお蝶が口を切って、

「春駒さん、おまえさんは浮太夫さんがいなくなったあと、喜平さんから呼ばれて安楽亭に出ることになったんですから、太夫には会ってないんじゃありませんか」

お蝶に聞かれると、二十半ばほどの春駒は若衆髷《わかしゅまげ》に帛紗《ふくさ》上下《かみしも》をつけた姿で、しかもそれがまったく似合わず、唐茄子《とうなす》を思わせる不細工な器量に戸惑いを浮かべながら、

「へえ、そうなんですけど……浮太夫師匠が姿を消す前からあたし、ここにはちょくちょく出入りさせて貰って、芸を教わってたんです」

「つまりお弟子さんてこってすか」

「そうです、押しかけですけど」

「太夫の面倒見はどうでした」

「そりゃよくできたお人で、熱心に浄瑠璃を教えてくれました。そうこうするうちに不器用なあたしでも、やっとここまでこれたねと太夫に褒《ほ》められるようになりまして、喜平旦那にも推挙してくれたぐらいなんです」

喜平が苦々しい顔になって、

「浮太夫の太鼓判《たいこばん》と思って、いなくなったあとに舞台に立って貰ってやすがね、おまえさんの芸はまだまだだ。太夫の足許にも及ばないよ」

厳しいことを言う。

「それはよくわかっております、旦那さん、これからも一生懸命やりますから」

「女義太夫ってのはさ、夜のお座敷がかかんなくちゃ一流とはいえないんだ。つまり芸者とおんなじだよ。芸者だとするなら、おまえさんの器量じゃねえ」

「そんなこと言わないで下さいまし、旦那さん」

春駒がつらそうにうなだれても、喜平は横を向いている。

気の毒とは思ったが、お蝶にはどうすることもできないから、

「高砂屋さんは浮太夫さんとはご昵懇《じっこん》でしたか」

八人芸の遊八に話を向けた。

この八人芸というのは奇才の持ち主でないと叶わぬもので、一人で八面六臂《はちめんろっぴ》に八人の芸をするのである。人気役者の声色を使い分けたり、または同時に笛を吹き、太鼓を叩いて客を驚嘆させたりもするものだ。

舞台では八面六臂でも、ふだんの遊八はもう老人でもあるし、痩せて小柄で、もの静かな気性らしく、浮太夫の死にしんみりとした口調で、

「苦労人なんだよ、あの人は。その昔、葛飾の在所じゃ百姓をやっていて、父親と二人の兄さんが頑張ってたんだけど、疫病《えきびょう》が流行ってみんなおっ死《ち》んじまったっていうんだ。おっ母さんはとうに亡くなっていて、太夫は親戚に預けられて育ったらしいんだけど、そこの子たちに大層いじめられたという話だよ」

お蝶は口を挟まずに聞いている。

「それから十三の時に村名主さんに話をして貰ってね、奥山《おくやま》の義太夫語りに弟子入りをしたのさ。どうして義太夫かってえと、死んだお父っつぁんがそれが好きで、子供の太夫の手を引いちゃ奥山まで聞きに行ったというんだ。死んだお父っつぁん

のために、毎日血を吐くような思いで義太夫を習ったって言ってたなあ。太夫はそれほど芸に厳しかったんだよ」

「あたしゃ初耳だね、そんな話をよくおまえさんに」

喜平が横から言うと、遊八はうなずいて、

「あたしもあの人も酒好きでね、寄席が終わるとかならず縄暖簾《なわのれん》へ行ったもんだよ。それにあの人は気っぷがいいから、あたしに払わせたことなんて一度もなかった」

「いいんじゃないかね、お座敷浄瑠璃で稼いでたんだから」

喜平の言葉に、遊八はむっとして、

「そういうもんじゃないだろう、あたしゃ太夫の気っぷの話をしてるんだ」

「わ、わかったよ。そうとんがるなって」

喜平が慌てる。

「おまえさん、寄席の主ってもんはもっと料簡《りょうけん》をよくしなくちゃいけねえぞ。この春駒だって磨いたらそのうち光るかも知れねえだろうが」

しだいに遊八の舌鋒《ぜっぽう》が鋭くなってきた。江戸っ子らしい持ち前の気性なのだ。

「だから我慢して置いてやってるんじゃないかね」

「おい、春駒、もっと精進してこんな奴見返してやんな」

春駒は喜色を浮かべながらも、喜平を気遣って曖昧《あいまい》にうなずく。

遊八はお蝶に顔を向けると、

「お蝶さんといったね、どこのどいつが太夫を殺めたのか知らないけど、きっと下手人をお縄にしてくれよ、いいね」

「はい、かならず」

「太夫が死んだなんて残念でならないよ。あたしとは心底《しんそこ》馬が合ったんだ。おなじ芸人同士、いいことも悪いこともさ、おたがい慰め合う仲だった。それは武蔵坊さん、あんたもおなじだったよな」

遊八に言われ、初老で毛むくじゃらの武蔵坊が講釈をする時のように扇子《せんす》で膝をぽぽんと叩き、羽織袴《はおりはかま》の姿に威厳を見せながら、

「いかにも、その通り」

町人のくせに武張《ぶば》った言い方をして、

「わしも高砂屋さんとおなじように太夫とはよく酒を酌《く》み交わしたもんだった。男の悩みを打ち明けられたこともあったな」

お蝶がここぞと膝を進め、

「どんな悩みでしたか」

「薬研堀の木綿問屋の旦那に言い寄られて困っていると。相手がいい人だけに邪険《じゃけん》にするのも申し訳なく、どうしたらよいかと相談されたよ」

「お店のご主人なら悪い相手じゃないじゃないですか」

「うむ、しかもその旦那は遊びではなく、後添えにと思っていたらしい」

「断ったんですかね、その話」

これもお蝶だ。

「いや、その前に木綿問屋には女がおって、その人が横槍を入れたようじゃな。それが米沢町の軽子座の娘じゃよ」

とたんに喜平が悪い顔になって、

「ありゃいけませんよ、男食いで有名な悪婆《あくば》じゃないか。どんな男にも手を出すって評判だよ」

「おや、まあ……」

お蝶がつぶやいた。

軽子座には虎三が行っているから、少し心配になってきた。

武蔵坊がつづける。

「けどそれで太夫はほっとしたんじゃな。何せあの人には心に秘めた人がおったらしいからのう」

「ええっ……そ、その秘めた人って、どんな人なんでしょう」

お蝶が真剣な目で問うた。

十

竹本浮太夫の意中の人とは何者か――。

吉田屋庄二郎が言うには、牛込神楽坂《うしごめかぐらざか》に屋敷のあるお使番《つかいばん》花房大内蔵《はなぶさおおくら》であり、武蔵坊弁松によれば、本所法恩寺橋《ほうおんじばし》の近くに住むお先手弓頭《さきてゆみがしら》伊丹一学《いたみいちがく》なのだという。

そのどちらも当主で、持ち高千石以上の大身旗本《たいしんはたもと》である。浮太夫は他の大名、旗本家にも呼ばれ、屋敷の奥向きで浄瑠璃を語っていたが、この二家から特に贔屓《ひいき》にされ、足繁《あししげ》く通っていたという。

花房は三十五で二年前に妻を亡くし、伊丹は二十七で独り身ということで、しかも二人とも仕事ができて剣の腕も立ち、周りの人望も厚いようなのだ。

しかし花房と伊丹のどちらが意中の人だったかは、浮太夫は吉田屋にも武蔵坊にも本当のところは打ち明けていなかった。

その情報を持って帰り、お蝶と虎三は両名の身分、家柄を照らし合わせ、唸ってしまった。

世間の評判のいいこの二人のうちのどちらかが、浮太夫を殺めた下手人だというのか。

「どうする、おまえさん。ちょっとばかり手に余るわねえ」

「ちょっとばかりじゃねえよ、手にも入らねえよ。こんなご大身のお旗本をどうやって調べろってんだ。おれたちとは月とすっぽんじゃねえか」

「こつこつやるっきゃないんじゃやない」

「待てよ、お蝶。まだこのお二人さんのどっちかが下手人だと決まったわけじゃねえんだぜ。やった奴はほかにいるかも知れねえだろうが」

「ううん、違うわね」

お蝶が確信の目で言った。

「違うって、何が」

「二人のどっちかよ」

「なんでそんなこと言い切れるんだ」

「あたしの勘」

「け、けどおめえ……」

「花房大内蔵、伊丹一学……うむ、どっちなのかなあ」

「おい、待ってったら。何を根っこにしてそんなこと言えるんだ」

「臭うのよ」

「こ、この紙に書いた字面《じづら》が臭うってか」

虎三が素っ頓狂な声で言うと、お蝶は深い目になってうなずき、

「世間体《せけんてい》はどうあれ、二人のどっちかは人に見せらんない裏の顔を持っている。人を殺めるくらいなんだからきっとそうよ、尋常じゃないんだわ」

「おめえな、そういうのよくねえぞ。疑いをかけられた方の身になってみろ、たま

ったもんじゃねえだろ」

「だからこつこつやろうよ、おまえさん」

「どうやって」

「しつこく嗅ぎ廻るの、とことんやるわよ、あたし」

「そう言ったって、屋敷んなかなんぞは入れてくれねえぞ」

「屋敷なんかに用はないわ。お城の行き帰りにどっかへ寄るだろうし、お座敷浄瑠璃を呼ぶくらいなんだから遊び心はあるのよ。風流を愛《め》でる気持ちもあるかも知れない。そういう姿を見ているうちに、その人の隠されたものがでてくるってこともあるんじゃない。そういう捕物の心得、八百蔵親分から教わってないの」

虎三が十手術を教わっている師の名を出した。

「ど、どうだったかな……」

あやふやに言ったあと、虎三は別の思案が浮かんで、

「おい、お蝶、このこと、松下様に言わなくていいのか。お武家の相手が出てきたらすぐ知らせろって言われたじゃねえか」

「まだ早いわね、海のものとも山のものとも知れないから。松下様にはもう少しわ

かってきたら言えばいいわ。今はあたしとおまえさんだけの秘密にしとこうよ」

「そうか、それもそうだな」

「ところで、おまえさん」

「なんだよ」

「軽子座の娘ってどんな人だった」

「どうして急に話が変わるんだ」

「何かされなかった、口説かれなかった？」

「何を言いてえんだよ、おめえ」

「喜平さんから聞いたのよ。おさんて人は男漁《おとこあさ》りの悪婆だって」

「それって、焼《や》き餅《もち》なのか」

「あたしが間違っていた、あたしが軽子座へ行けばよかった」

虎三が溜息をついて、

「何を言ってるんやら……」

「正直に言って頂戴《ちょうだい》」

「お蝶、おれは嬉しいよ」

「どうして」

「あんな化《ば》けべそに焼き餅焼いて、おめえがそれほどまでにおれに惚れてくれてると思うと、泪が出るほど嬉しいぜ」

「確かにあれは化けべそね。なんなの、あの厚化粧は」

「見に行ったのか、おめえ」

お蝶がうなずき、

「これから気をつけましょうね」

「何を気をつけるんだ」

「世の中には変な女が多いから」

「守ってくれよ、変なのから」

「もちろんよ、あたしの大事な旦那様」

「むふふ」

お蝶がころっと一変して、

「さあ、お酒にしよっか、おまえさん」

「ああ、九女八が来なきゃいいけどな」

「灯を暗くして戸を閉めちゃいましょう。もうあいつに邪魔させないわ」

「よしよし」

そうして虎三が戸締りをし、行燈《あんどん》に羽織をかけてうす暗くし、二人がもの静かに酒を始めると、表で微かな足音がした。

お蝶と虎三が思わず息を殺す。

案の定、九女八がふらりとやって来て、家のなかが暗いので二人は不在と思い、

「畜生め……」

ほざいて舌打ちし、腹いせに小石を蹴っ飛ばして帰って行った。その背が寂しそうだ。

十一

「遅いではありませぬか」

津賀《つが》が苛立ちを募らせ、老女岩崎《ろうじょいわさき》へ責めるような口調で言った。

六十になる岩崎は津賀付きの老女で、白髪頭をきれいにまとめ、品のいい顔立ち

に困惑を浮かべつつ、津賀をとりなすようにして、

「姫様《ひいさま》、今暫くお待ちを。お先手弓頭なるお役職は、上様のおわすお城の警護をなされる要職にございますれば、さぞや身辺ご多忙なことと存じ上げまする。伊丹様はやさしき御方ゆえ、姫様のことをお気遣いながらこちらへ向かっておりましょうほどに」

「ならばよいが……わたくしは嫌われているのではあるまいな、岩崎」

「いいえ、そのようなことは決して。もっとご自分に自信をお持ち下さりませ」

津賀は溜息をつき、矢も楯もたまらぬ気持ちになって席を立ち、そっと隣室を細目に開けて覗き見た。

艶《なまめ》かしい夜具の支度が二人分、整えられてある。枕元には網行燈《あみあんどん》の火が灯されている。

その夜具の上で男と睦《むつ》み合うおのれの姿を空想し、津賀の下腹部に熱いものが疼《うず》き、甘い戦慄《せんりつ》を覚えた。

そこは木挽町《こびきちょう》にある格式の高い料理茶屋で、中奥御番衆《なかおくごばんしゅう》を務める津賀の父土屋《つちや》因幡守《いなばのかみ》の行きつけだから、なんでも彼女の言う通りになるのである。

三月前、江戸城吹上《ふきあげ》のお庭にて、老中が仕切って大身旗本家の子女ばかりが集められ、盛大な茶会が催された。武家社会に見合いはないが、町人社会のそれに倣《なら》って茶会を名目にし、未だ婚儀整わぬ子女たちにそうした機会を与えたのである。

その折、津賀は伊丹一学を見初《みそ》めた。

それ以来、何かと口実を設《もう》けては接触を試み、一度は花見の宴に漕《こ》ぎつけたものの、それからぷっつり伊丹と会うことがなくなったので、今宵《こよい》、津賀の方からこの料理茶屋に招いたのである。

伊丹から行くという返事は貰ったのだが、津賀には自信がなく、こうして気を揉んでいるのだ。なかなか会ってくれないだけに津賀の思いは日に日に募り、今では恋焦がれるというほどにまでなっていた。

両家のつり合いもとれて、殿御としても伊丹は申し分なく、津賀は「この人とならと心に強く決めていた。

下世話な言い方をすれば、津賀は今宵に勝負を賭けていて、それゆえに茶屋にも意を含ませ、夜具の支度まで整えさせたのだ。

二十三の津賀はまだ生娘《きむすめ》で、男を知らぬだけに一途《いちず》だから、その純情娘が身を投げだす覚悟をつけたということは、よくよくなのである。

ようやく表の方から騒然とした様子が伝わってきて、伊丹の一行が到着したらしく、岩崎の注意を受けて津賀は慌てて着座し、身を硬くして伊丹を待った。

廊下を静かな足音が聞こえ、伊丹一学が若輩《じゃくはい》の家臣を一人だけ引き連れて座敷へ入って来た。

「津賀殿、待たせて相すまぬ」

上座に座るなり、伊丹が快活な口調で言った。

青々と剃《そ》り上げた月代《さかやき》が青年武士らしい爽《さわ》やかな色気を発散させ、伊丹は雄偉《ゆうい》な男ぶりである。

その横に侍《はべ》った若侍は女と見紛《みまが》うような美男で、折り目正しく津賀に一礼し、

「供の者にて、中川菊馬《なかがわきくま》と申します」

とはっきりした物言いでみずからを名乗った。

岩崎が「わざわざお越し頂きまして」と長々と挨拶をする間、津賀は正面の伊丹を正視することができず、うつむいている。

それから店主やら女将《おかみ》やらが挨拶を述べに来て、何人もの仲居や女中が出入りし、

酒肴《しゅこう》の膳が整えられた。

宴が始まると、伊丹は明朗《めいろう》な様子でお城の話題などを披露し、それには岩崎と菊馬が相槌《あいづち》を打った。

津賀は酒肴など喉を通らず、依然としてうつむいたままでいるから、岩崎が気遣って、

「伊丹様、姫様にご一献《いっこん》を」

「おっ、これは気づかなんだ」

伊丹が銚子《ちょうし》を持ち、そこで津賀が膝行《しっこう》して初めて伊丹の顔を見た。

涼しげなその目許が笑っていて、津賀はたちまち恥ずかしげに頬を染めた。

伊丹の酌を受け、津賀が盃の酒を干す。

津賀は三人姉妹の長女で、土屋家では一番の美貌《びぼう》を謳《うた》われていた。文武共にわきまえた才媛《さいえん》として、他家からの縁談も多く持ち込まれるが、津賀は一度として応じたことはなかった。伊丹のような理想の男を待っていたのである。

やがて宴たけなわとなるうち、岩崎が気を利かせて菊馬にそっと近づき、耳打ちした。

「これ、中川殿とやら、あちらに席を移しませぬか」

「はっ?……いえ、それがしは殿のおそばを離れるわけには」

「不粋《ぶすい》なことを申すでない、姫様が折入ってのお話があるのじゃ。ここはお二人にして差し上げるのです」

「はあ、しかし……」

「さっ、こちらへ」

岩崎に強引にうながされ、菊馬は渋々そのあとにしたがい、座敷を出て行った。

二人だけになると津賀はさらに気詰まりになり、何を話してよいかわからなくなって、

「わたくし、些《いささ》か酔うたようにございます」

ほんのり染めた頬をまたうつむかせた。

「まだ酒に馴れぬのだな」

「はい」

「では遠慮はいらぬ、休まれるがよいぞ」

伊丹が刀を取って席を立った。

「あの、どちらへ」

「余も風に当たりたくなったゆえ、ちと出て参る」

「えっ」

「苦しゅうないぞ、そのままでおられよ」

伊丹が座敷から出て行った。

そしていくら津賀が待っても、伊丹はそれきり戻って来ることはなかったのである。

十二

その翌日——。

おなじ料理茶屋の裏庭で、女中二人が大根を洗っているそばにお蝶がいて、しゃがみ込んで聞き込みをしていた。

岡っ引きの身分は隠し、化粧っ気もないままにそこいらのかみさん風に作り、お蝶は行きずりの話好きの女を装っている。

「てことは、お嬢様かお姫様か知りませんけど、その人はゆんべ、若殿様にふられたってことなんですか」

年嵩《としかさ》の女中が気の毒そうな顔になって、

「お嬢様じゃないよ、土屋様のお姫様さ。うちをご贔屓にしてくれてね、気立てがよくって、そりゃもう花が咲いたような別嬪なんだけど、どうやらお先手弓頭の伊丹一学って人に惚れ込んで、うちで一席持ったのまではよかったんだけど、どうしたわけか伊丹様の方が宴会の途中で家来を連れて帰っちまったのさ」

「きっと何か失礼なことでもあったんでしょうね、でないとそんな……」

「そんなことあるわけないだろ、誠心誠意おもてなししてたんだから。ありゃ変わり者だよ、お姫様を袖にするなんてさ」

「どんな感じの人なんですか、伊丹様って」

お蝶が聞くと、若い方の女中が胸ときめかせた様子で、

「團十郎《だんじゅうろう》にそっくりだったわ。あれはきっとどこでも引く手あまたの人よ」

すると年嵩が表情を歪《ゆが》めて、

「そうかねえ、あたしゃああいう男は好かないよ。なんとなく薄情な感じがするじ

やないか」

「そこがまたいいのよ」

若い女中が言ってくすっと笑い、

「それに連れのご家来衆もいい男だったわ。あっちは色白の岩井半四郎《いわいはんしろう》ね。あたしがこっそりお名前を聞いたら、菊馬様っていうそうなの。名前まですてきだわ」

「嫌だよ、あんたは面食いだから。あたしゃどっちも気に入らないね」

「どうもお邪魔しました」

お蝶が言って立ち上がると、年嵩が見上げて、

「おや、もう行っちまうのかい。うちの下見に来たと言ってたけど、おまえさんどんな人たちと来るつもりなのさ。言っとくけど、うちは目の玉が飛び出るほど高いよ」

「そうみたいですね、帰ってよくうちの人に相談してみます」

裏庭を出て路地を行きながら、お蝶は解せない顔になっていた。

(なんだってそんな結構なお姫様を袖にするのかしら。二十七ならもういい加減嫁さんを貰う年なのに……何か秘密があるわね、伊丹一学には)

十三

岡場所のひしめく八幡宮《はちまんぐう》界隈の深川七場所を避け、永代橋と永代寺の間、黒江川の北河岸に松村町《まつむらちょう》というのがある。

そこは里俗網打《りぞくあみう》ち場《ば》と称され、最下層の岡場所があることで知られている。局《つぼね》見世《みせ》ばかりで華やぎに欠けるが、地味で静かな見世が多く、したがって女郎の年齢も高いという。局見世というのは切《きり》見世の異称で、一切《いっさい》百文という安価で遊ばせる女郎屋のことだ。そこの女郎を局女郎、鉄砲といった。

そのなかの一軒、柊《ひいらぎ》屋《や》の二階から微かに女の啜《すす》り泣く声が、延々と聞こえていた。

それを耳にしながら、一帯を護《まも》るごろん棒が三人、長脇差《ながどす》を差し、それぞれ刺青《ほりもの》のある腕をまくり上げて、階段を足音忍ばせて上がって来た。

泣き声のする部屋の前に集まり、三人がさらに聞き耳を立てる。

すると押し殺した蚊《か》の鳴くような声で、

「お許し下さい、お許し下さい」

哀願するような女郎の声が聞こえた。

ごろん棒の兄貴株が二人と見交わし合い、殺気立って、

「お客人」

部屋に向かって声を掛けた。

女郎の声がやみ、静かになった。

「お客人、ちょいとお顔を見せてくれやせんか」

兄貴株が下手《したて》に出て言う。

だが室内からはなんの応答もない。

しびれを切らせながら、兄貴株は長脇差の鯉口《こいぐち》をぷつんと切って、

「おめえさんのことで苦情が出ておりやしてね、どの女郎もみんな折檻《せっかん》されて躰が大層痛めつけられてるそうじゃござんせんか。お代は結構ですからお引き取り願えやせんか。これっきりにして出てって貰いてえんですよ」

そう言って、三人が身構えた。

だがあにはからんや、障子が静かに開けられ、怒った様子もなく一人の武士が戸

口に姿を見せた。着衣を済ませたばかりらしく、身繕《みづくろ》いをして帯を結んでいる。

そして一方に立てかけた大刀を取り、ざっくり腰に落とした。

それはお使番の花房大内蔵で、大身の身分を隠し、御家人《ごけにん》のような黒無紋の小袖を着たおしのびの姿だ。

花房は荒武者《あらむしゃ》を思わせる勇猛な顔つきをしており、恰幅《かっぷく》よく、威圧感に満ちている。

部屋では年増の女郎が全裸にされ、手足を縛られて転がされていた。その躰には打擲《ちょうちゃく》の痕や絞められた痕跡が見えている。

「わしが何をした」

野太い花房の声に、兄貴株は圧倒されながら、

「いえ、ですからおめえさん、女郎にひでえ仕打ちを」

「所詮《しょせん》は売り物買い物の女郎ではないか。わしが何をしようが、金で買ったる上はとやかく言わさぬぞ。犬畜生をいたぶって何が悪い」

残忍な目で花房が言う。

兄貴株が逆上して、

「そういうおかしな考えの人はご免蒙《めんこうむ》りてえと言ってるんですよ。とっととけえってくんな」

けつをまくったとたん、花房が抜く手も見せずに抜刀し、兇刃を閃《ひらめ》かせた。

「ぐわっ」

兄貴株が絶叫を上げた。

利き腕が切断され、ぶっ飛んだのだ。

血しぶきを上げて兄貴株が転げ廻ると、残った二人は怯《ひる》むことなく長脇差を抜き放ち、花房に対峙《たいじ》した。

花房の顔に冷笑が浮かぶ。

「下郎《げろう》どもが、このわしに刃を向けるか」

「じゃかあしい、表へ出ろ、表へ」

一人が勇敢に言えば、もう一人も臆することなく、

「てめえみてえな奴は半殺しにしてやらあ」

二人が長脇差をふり廻して息巻いた。

泰然《たいぜん》とした態度は変わらなかったが、下方から騒ぐ声が聞こえてきて、花房はさ

すがにまずいと思ったのか、抜き身をぶら下げたままで廊下を突き進み、階段へ向かった。

それを興奮した二人が追って行く。

花房が一気に階段を駆け降りて下まで来ると、見世の主や男衆、やり手婆や女郎たちが鈴なりになっていて、口々に花房を罵《ののし》った。

「てめえなんぞ二度と来るんじゃやねえ」

「か弱い女をいたぶって何が面白いんだい」

「あんた、どこの何様なのさ」

罵られ、花房の顔がひきつった。

「おい、誰か役人を呼んでこい。この野郎の正体を知りてえとこだぜ」

役人など呼ばれたら大事になるから、花房は抜き身で脅して一同を牽制《けんせい》し、表へとび出すや、だっと一気に走った。

ごろん棒の二人が血に飢えたような目で追跡し、坂田橋《さかたばし》の所で花房に追いついた。

昼下りの今は辺りに人影はない。

「てめえ、逃げきれると思ってやがるのか」

二人は勢いづいているから、果敢に花房に斬りつける。

花房が応戦するも、喧嘩馴れしている二人の腕っぷしはなかなかのもので、しだいに追い詰められた。

「くっ、おのれ」

花房が切歯《せっし》しながら一人と刃を闘わせている間に、もう一人が背後に廻り、長脇差をふり被った。

そこへ突然虎三がとび出して来て、一人の襟首をつかんで引き倒し、その長脇差を奪ってもう一人に突きつけた。虎三とて喧嘩なら誰にも引けは取らなかった。

「旦那、お逃げ下せえ」

花房は驚きの目で虎三を見て、

「す、すまん」

刀を納めて身をひるがえした。

虎三は長脇差をふり廻して二人を圧倒しておき、猛然と花房の後を追った。

十四

その四半刻（三十分）後には、虎三は花房に招じられ、永代橋を日本橋方面に渡った北新堀町《きたしんぼりちょう》の小料理屋の小部屋で向き合い、酒を酌み交わしていた。

ごろん棒たちから花房を助けたのは偶然などではなく、ずっと花房を張り込みつづけての結果であった。だから女郎をいたぶる花房の奇妙な性癖のことも、わかっていたのだ。

その上で、一応は惚《とぼ》けて、

「旦那、どこのどなたか存じやせんけど、あんな所で悶着起こしたら命取りですぜ。お家断絶にでもなったらどうするんですよ」

「うむ、いかにもその通りであるな。おまえのお蔭で助かった。礼を申すぞ」

安堵を得て、花房が鷹揚《おうよう》に言う。

「とんでもねえ、義を見てせざるは勇なきなりってやつでさ。あそこを通りかかったらあんなことになってるんで、後先何も考えねえでとび込んじまいやした」

虎三が花房の酌を受け、盃を呷《あお》った。

「ところでおまえは何者だ、生業《なりわい》は何をしている」

「あっしぁ……へえ、これでも町飛脚でござんして」

以前の稼業を言った。

「ほう、すばしっこいのはそのせいか。なるほどな」

「けどなんだってごろん棒どもにからまれるようなことんなったんです。差し支えなかったらお聞かせ下せえやしよ」

それも承知の上で、虎三が聞く。

「いや、それがの、差し支えがあるのだ」

花房が苦笑混じりに言う。

「そうですかい。あっしぁ命の恩人のつもりなんですがねえ」

恩に着せてみた。

「ふん、それを申すな」

花房は冷えた酒をひと息に干すと、

「わしはな、女を憎んでいる」

虎三がすっと表情を引き締め、

「へえ、そりゃまたどういうわけなんで？　なんぞ女に怨みでもあるんですかい」

「うむ、まあな」

花房が口を濁す。

こうして話していると極めて尋常な男なので、虎三は花房という男に限りない興味を抱いて、

「その昔に女にひでえ目に遭ったとか、そういうことですかい」

「元を辿れば母親だな、わしの」

花房がぽろっと漏らした。

「お母上様が何か」

「それ以上は言えん、いかに命の恩人でもそこまで立ち入るな」

やんわりと虎三をたしなめた。

「へい、わかりやした。もうお尋ね致しやせん」

花房が柔和《にゅうわ》な笑みになり、

「虎三とやら、おまえが気に入ったぞ」

「へい、そりゃどうも」

虎三がひそかににんまりした。

「今度わしの屋敷に遊びに参れ。極上の酒を飲ませてつかわそう」

「そいつぁまた重ね重ね有難え仰せで、調子に乗ってお訪ね致しやしょう。して、お屋敷はどちらでござんすね」

「牛込神楽坂だ。わしはお使番、花房大内蔵と申す」

「うへえっ、そんなご大層なご身分の御方だったんですかい。こいつぁ恐れ入谷《いりや》の鬼子母神《きしもじん》だ」

虎三がおどけたように言って、大仰《おおぎょう》にひれ伏した。

十五

まともに飯の支度をしている余裕がないから、お蝶は朝から炊き出しのようにして握り飯を幾つもこさえ、大皿に盛って出した。

車座《くるまざ》になった若い三人、お蝶、虎三、九女八がそれを貪《むさぼ》り食う。

浅草田原町一丁目のお蝶の家だ。

表では腕白盛りの暴れる声が囂《かまびす》しく聞こえている。

時折童《わらべ》どもが格子戸にぶち当たったりもするが、三人は気にもせず、

「下手人は花房大内蔵で決まりじゃないかしら」

お蝶が口火を切り、

「だって女を憎んでるって言ったのよね、そう言った通りに女郎をいたぶっていた……やっぱりおかしいわ、その人。表見《おもてみ》はどんなに立派でも、心んなかは虫食いだらけのような気がする。まともじゃないわよ」

虎三が反論して、

「確かにまともじゃねえかも知れねえ、けどよ、だからって浮太夫殺しの下手人にしちまうのは、ちょっとなあ……」

虎三が首を傾《かし》げる。

「ちょっと、何よ」

「おれも初めは威張りくさった嫌な野郎かと思ってたけど、そうでもねえんだよ。ものごとにこだわらなくって、元々お育ちのいい人だから、これがなかなかいい男

なんだ」

「男心に男が惚れたとでもいうの」

「あの殿様の気性は江戸っ子そのものよ。すぱっと竹を割ったようなんだぜ、そんな人がおめえ、浮太夫殺しの下手人とは思えねえんだよ」

その時、なんの脈絡《みゃくらく》もなく、

「元を辿れば母親だな、わしの」

そう言う花房の声が虎三の耳によみがえった。しかし彼はあえてそれをこの場では口に出さず、胸にしまったままにした。花房の言う「母親」の意味がよく理解できずにいたからだ。

虎三が考え込んでいるので、お蝶が怪訝そうに覗き込んで、

「どうしたの、おまえさん」

「い、いや、なんでもねえ……」

「まあ、そりゃあね、直《じか》に当たったおまえさんがそう言うんなら……でも話を聞いた限りでは、花房大内蔵って人、結構疑わしいわよねえ」

九女八が割って入り、

「お蝶、おめえが調べた伊丹一学ってのはどうなんだ」

三つめの握り飯を頬張りながら言った。

「この人もね、ちょっと変なのよ」

「どう、変なんだ」

さらに九女八だ。

「女嫌いっていうのかな、相手に言い寄られてもさらりと躱《かわ》して逃げてるふうなの。今話した中奥御番衆のお姫様もそうだけど、それ以前のことも聞いて廻ったのよ。そうしたら、縁談は大抵《たいてい》伊丹の方から断ってるんだって」

「希《のぞ》みが高過ぎるんじゃねえのか」

虎三が言い、お蝶もうなずいて、

「そういうこともあるわねえ。もっと上の、身分の高いお姫様を狙ってるとか。だって八千石とか九千石のお旗本になったら、その暮らしぶりはお大名と変わらないらしいものね。あの伊丹だったらちょっと背伸びすればそういう気高い人が手に入れられるかも知れない。だとしたら大名並の暮らしにあこがれてるのかしら、伊丹は」

握り飯が喉につかえ、虎三は茶をがぶがぶと飲んで、

「まっ、その辺はよ、伊丹の勝手だぜ。どんなに出世しようがこちとらの知ったこっちゃねえ。要は伊丹が浮太夫を殺ったかどうかなんだからな」

「うん、そうね」

九女八が膝を乗り出し、

「お蝶、おめえ、本当のところどっちだと思うね。花房大内蔵か、伊丹一学か。はっきりしてくれよ」

煽《あお》るように言った。

それには答えず、お蝶はまだ深い霧のなかをさまよっていた。

十六

津賀は伊丹一学のことを疑っていた。

彼女の空想では伊丹に言い交わした女がいて、それで自分に靡かないのではないか。そうに違いない。確信的にそう思い、ならばその相手がどんな女なのか、どう

しても知りたくなった。相手の身分や美醜《びしゅう》はともかく、その女に伊丹の心があるのなら、それはそれで致し方のないことだし、現実に目にすれば納得もできる。伊丹を諦めもしよう。このままでは津賀の誇りが許さないのである。

そう思い立ち、伊丹の身辺を探ることにした。

土屋の家には忠義一徹な吾平《ごへい》という老僕がいて、津賀はこれに秘密裡に調べを頼んだ。

それが三日ほどして、津賀の元に報告が届いた。

だが吾平が言うには、

「伊丹様に姫様がお考えになっているような女はおりませんよ。謹厳《きんげん》にお城務めをなされて、脇目もふらずにお屋敷へ帰るだけの毎日です。芸者遊びや悪所通いなんぞ、伊丹様には無縁のようでございます」

その報告に納得がゆかず、津賀は居ても立ってもいられなくなり、みずから行動に出ることにした。

しかしそんなはしたないところは老女の岩崎には見せられないから、ある宵、津賀は単独で屋敷を出た。

吾平の話では、今宵伊丹はどこぞへ外出をするらしいと、屋敷の小者が話しているのを耳にしたという。

屋敷の裏手からそっと外へ出たところへ、次女の楓《かえで》、三女の梢《こずえ》がばたばたと追って現れた。二人とも、ものものしくお高祖頭巾《こそずきん》で面体《めんてい》を隠している。

「あ、あなた方、どうしました」

狼狽《ろうばい》を隠しながら津賀が問うと、二人はにっこり笑って見交わし合い、

「この数日、吾平の動きがおかしいものですから不審に思い、先ほど梢と共に問い詰めましたのよ、お姉様」

楓が言った。

「まあ、それは……」

津賀が困惑していると、梢が次いで、

「そうしましたら、吾平がみんな白状致しました」

「あ、それはですね、あのう、そのう……」

しどろもどろになる津賀に、二人がつっと寄って、

「伊丹様のことはわたくしたちも大変気になるところです。姉上一人では心許《こころもと》な

いと思いますので、梢共々助っ人致しまする」

「い、いえ、助っ人といわれても」

「姉上、何が起こるかわからないではありませぬか。三人で参れば怕《こわ》いことはございませんのよ」

梢が力強く言う。

出しゃばりの妹たちにうながされ、津賀はそれもそうだと思い、そうしていずれが菖蒲《あやめ》か杜若《かきつばた》の美人姉妹は、本所法恩寺橋へ向かったのである。

やがて――。

日が暮れてきて夜の帳《とばり》が下りる頃、伊丹の屋敷の潜《くぐ》り戸《ど》から二つの人影が現れた。

月明りが伊丹一学と中川菊馬の顔を、くっきりと照らしだす。

木陰に身をひそめた三姉妹は胸を高鳴らせてそれを見送り、ややあって馴れぬ様子で尾行を始めた。

伊丹と菊馬の足取りはゆったりとし、仲夏《ちゅうか》の宵の風情を楽しむかのようだが、それでも目的ははっきりしているらしく、法恩寺橋を渡ると横川沿いに北へまっすぐそぞろ歩いて行く。

低い声で語り合っている二人の声が、風に乗って聞こえてくる。

それによると、業平橋《なりひらばし》のあの店もよいが、小梅村《こうめむら》の料理屋も捨て難いなどと、食い物屋の話をしているところをみると、これからうまいものでも食いに行くようだ。

遮《さえぎ》るもののない河岸沿いの道だから、三姉妹は距離をとって尾行している。

そのうち伊丹が歩を止め、菊馬の方へ顔を向けた。菊馬がうっとりとしたような目を上げ、二人は暫し無言で見つめ合っている。

何事が始まるのかと、三姉妹の胸の動悸《どうき》が烈しくなった。

すると――。

伊丹が菊馬の両頰を手で囲むようにし、顔を近づけて唇を寄せ始めたのである。菊馬が女のような喜びの声を漏らし、身をくねらせて伊丹に縋《すが》りつく。伊丹はさもいとおしそうに菊馬を抱きしめ、二人は貪るように唇を吸い合っている。

その伊丹が菊馬から顔を離し、不意にぎらりとした目を走らせた。

離れた暗がりに、三姉妹が茫然《ぼうぜん》として突っ立っていた。思いもよらぬ世界を目の当たりにし、その衝撃に凍りついているのだ。

楓と梢は頭巾だが、津賀は被ってないからすぐに誰かがわかった。

伊丹の決断は早かった。

「斬れ」

冷厳な声で菊馬に命じた。

「三人とも斬って捨てい、口を封じるのだ」

言い捨て、伊丹は背を向けて歩き去って行く。

菊馬がすらりと抜刀し、三姉妹へ向かって突き進んで来た。

三姉妹は動揺し、色めきたち、悲鳴を上げて逃げ惑う。

そのなかへ突っ込んだ菊馬が、次には呻《うめ》き声を上げてのけ反った。

お蝶の黒い影がとび込み、十手で菊馬の小手《こて》を打ち、刀を弾き飛ばしたのだ。

「うぬっ、貴様」

菊馬が態勢を立て直し、お蝶と対峙した。

お蝶は三姉妹を庇《かば》い立ち、決死の面持ちで身構えている。

立ち去ったはずの伊丹が遠くからその光景を見ている。

お蝶がその伊丹にも聞こえるように、啖呵《たんか》を切った。

「何よ、嫌らしいにもほどがあるわ。へどが出るわね。人に見られて困るようなことをなんでこんな道端でするのよ。気が知れないわ。口封じだって？　冗談じゃないわ、この色狂いども。恥を知りなさいよ」

切歯はすれど、菊馬はそこから先へは動けないでいる。

見ず知らずではあるが、お蝶の助けで三姉妹はわれを取り戻し、

「伊丹様、これであなた様の謎がわかりましたわ。がっかりでございます。もう二度とお会いすることもございますまい」

津賀が吐き捨てるように伊丹へ言い、身をひるがえした。

そのあとを楓と梢が追いながら、

「そなた、恩に着ます。お礼の申しようもござらぬ」

楓が代表してお蝶に礼を言い、梢と共に津賀を追って立ち去った。

伊丹が戻って来て、憎悪の目でお蝶を睨み据え、

「女、余計なことを。只では済まぬぞ」

「ちょっとお待ちを」

お蝶が片手を突き出して言い、油断なく十手を構えながら、

「伊丹一学様、おまえさんにお聞きしたいことがござんす」

伊丹と菊馬が無言で見交わし合う。

「竹本浮太夫さんのことですよ」

「なに……」

「おまえさんはこれまで、お屋敷へ浮太夫さんを呼び入れて、お座敷浄瑠璃をご堪《たん》能《のう》なすってましたね。それがある晩、おまえさん、太夫に何かしなすったか、それをお尋ねしたいんですよ」

「何かしたとはどういうことだ、おまえの言っている意味がわからんな」

掠《かす》れたような伊丹の声だ。

「有体《ありてい》に申せば、太夫はその頃誰かに殺されたんです」

「なに、浮太夫が……」

伊丹が驚愕《きょうがく》を表し、

「その嫌疑がわたしにかかっているのか」

「そうです、おまえさん、太夫を手に掛けましたか」

「……」

「どうなんです、はっきりお答え下さい」

「わたしはそんなことはせん」

「本当ですか」

「女などに手は掛けぬ。わたしはひたすら軍書講釈が好きで、浮太夫に語らせていただけだ。太夫のあれは見事であった。聞いていて惚れぼれしたものよ。わたしと太夫の間柄はそれだけだ。どのようなわけがあって太夫を殺さねばならんのだ。男女のもつれは何もないのだからな」

「……………」

「どうだ、得心《とくしん》がいったか」

お蝶がすっと退き、それでも十手だけは構えながら、

「ええ、よくわかりました。おまえさんのお言葉に嘘はないと思います。失礼しました」

お蝶が一礼して行きかけた。

「待て」

「何か？」

「わたしたちのこと、口外せぬと約束してくれぬか」

伊丹にもう殺意はなく、菊馬も主に従順な目になっている。

「言いませんよ、口が裂けたって。それだけは信じて下さいな。お武家様のご体面《たいめん》はよくわかってますんで」

「すまん」

「でも三人の姉妹方はわかりませんよ、あたしの手は及びませんので」

「そっちはよい、わたしがなんとかする」

「それじゃ、ご免なすって」

お蝶が頭を下げ、足早に去った。

「殿様、どうしたら……」

不安に身を揉む菊馬を、伊丹はひしと抱き寄せた。

十七

それから数日後の、宵のことである。

虎三が意を決して牛込神楽坂の屋敷を訪ねると、花房大内蔵はまるで旧知の間柄ででもあるかのように歓待してくれ、すぐさま酒宴となった。

「深川でお会いしたあの日からこっち、どうにもあっしの頭を離れねえことがあって困ってるんですよ、殿様」

「なんのことかな」

うす笑いを浮かべながら、花房が言った。

「殿様が女を憎んでるって、あれですよ。この世にゃ男と女しかいねえんですから、仲良くやった方がいいと思うんですけどねえ」

すると不意に花房は表情を硬くして、

「二年前にわしは妻を亡くした」

「へっ？……」

「病死ではあるものの、本当のところはそうではない」

虎三が面食らって、

「ど、どういうことなんで？」

「長い年月、わしに責められた末の死であった。あれは針の筵に座りつづけて死を迎えたのだ」

「奥方になんぞ落ち度でもあったんでしょうか」

「妻は不義《ふぎ》を働いた」

「ええっ……」

「それを知った時、わしは地獄に堕《お》ちた。この女もまたそうなのか。女はすべて汚らわしき生き物であるとな、そう思い、愕然《がくぜん》となった」

「またっておっしゃいやすと？」

「わしの母親がそうであった。今は亡き父の目を盗み、母は役者や陰間《かげま》に狂っていた」

「それを殿様は見てたんですかい」

「見て育った」

「うへっ、そいつぁまたなんとも……」

「十八の時、芝居町から帰る母を待ち伏せ、わしは襲いかかって殴り殺した」

虎三が息を呑む。

花房はわれに返ったように、

「こんな話をしてすまん、折角の酒が台無しであるな」

「いえ、もっと聞かせて下せえ」

目を光らせ、虎三が言った。

「なに」

「こちらに竹本浮太夫ってえ義太夫語りが出入りしていたはずなんですが」

花房が警戒の目になり、

「貴様、なぜそれを」

「実は浮太夫さんが殺された一件を調べておりやしてね」

虎三が背に隠した十手を引き抜き、花房に身分を明かした。

だが花房は慌てる様子もなく、

「町方の詮議《せんぎ》は無用であるぞ」

「へい、よっくわかっておりやす。殿様に手出しをするつもりはこれっぽっちもござんせんので」

「では貴様……深川で会《お》うたは偶然ではなかったのだな」

「ずっと見張っておりやした。そうしたら殿様がごろん棒どもと騒ぎを起こしたんで、これ幸いとそれに乗っかったんでさ」

花房が不敵な笑みになり、

「こ奴、油断のならぬ男よのう」

「あっしぁ本当のことを知りてえんですよ。浮太夫さんが殺されたと言っても、殿様は驚きもしなかった。つまり死んだことをご存知だったんですね」

「………」

「よろしいんじゃござんせんか、もうここまできたら。何もかも打ち明けて下せえやし」

虎三があぐらをかいて、挑戦するように花房を見た。

「そうか、わかった。貴様の知りたいところを教えてつかわそう」

「へい」

いつでもとびかかれるよう、またいつでも逃げられるよう、二つに一つの勝負を賭けて、虎三はさり気なく身構えている。

「浮太夫はこの部屋でわしが手に掛けた。片腕で首を絞めたら、あっさりあの世へ行ったわ」

なんの感情の揺れもなく、花房が言う。

「わけはなんですね」

虎三はしだいに腸《はらわた》が煮えてきた。

「つまらんことだ、わしに逆らったからだ」

「殿様は何をお言いなすった」

「裸になれと言ったら、浮太夫が断った。その晩の浮太夫は妙に艶《なまめ》かしく、語りを聞いているうちに犯したくなったのだ」

「そんな……」

虎三は唖然《あぜん》として二の句が継げなくなり、

「そんなくだらねえことでやっちまったんですかい」

平常心のようでいて、花房の目には異様な妖気じみたものが揺れていた。

「このわしに逆らうからだ。その後家臣、小者に命じ、浮太夫の骸《むくろ》をいずこへか捨てさせた。あとで三ノ輪の寺の境内と聞いて、見つかる心配はないと思うていたのだがな、残念であった。いっそ大川にでも投げ捨て、魚どもに食われた方がよかったのかも知れんの」

虎三は血の気が引いて、

「おめえさん、正気じゃねえや」

「何を申す、正気でないのは浮太夫の方ではないか。持ち高千石、お使番のこのわしに逆らう愚か者がどこにいる」

「けっ、呆《あき》れてものが言えねえや。もう結構ですぜ」

虎三が席を立つと、花房がすかさず床の間へ走って刀架けから大刀をつかみ取り、抜刀して鋭く斬りつけた。

だがそれより早く、虎三は障子をぶち破って縁側へ転がり出ていた。

花房がさらに二の太刀《たち》を浴びせようと、刀をふり被った。

その時、庭園の暗がりから投げ縄が飛来してきて、花房の手首に巻きついた。

縄尻を取ってお蝶が現れる。

「よっ、話は聞いたか」

虎三がお蝶に言いながらそっちへ駆け寄った。

お蝶は花房と睨み合い、縄を引きながら、

「こんな奴に殺されたんじゃ太夫も浮かばれないわね。ひどい男だわ」

「これほどとはおれも思わなかったよ。見る目が浅かったぜ」

「ちょいと、花房の殿様」

お蝶がはったと花房を見据えて、

「おまえさん、あたしらごときにはなんにもできないと思ってるかも知れませんけどね、そいつぁ大きな間違いですよ」

縄尻をぐいぐいと引き、

「これからこの足で、お奉行様におまえさんの非道を訴えて、やがてお目付の方からご沙汰が下るようになりますよ。首を洗って待ってるんですね」

「うぬっ、下郎ども」

花房が烈火の如く怒る時には、お蝶は縄を放り投げ、虎三と共に闇に消え去った。

十八

それからまた幾日か経った宵である。

お蝶と虎三が差し向かいで晩酌をやっていた。

「一件落着はいいけどよ、なんかなあ、浮太夫のこと考えると胸が湿っぽくなるぜ」

嘆くように虎三が言うと、お蝶もしんみりした口調になって、

「所詮は浮草稼業の芸人さん、つまらないことで泡みたいに消されちまったものねえ」

「おれも一度は浮太夫の義太夫を聞きたかったよ」

「一流だったのね、悪く言う人いないもの」

「そうだな」

「でも花房大内蔵に切腹《せっぷく》のご沙汰が下って、あたし、ほっとしたわ。あんな人がのうのうと生きてたら世の中真っ暗闇じゃない」

「まったくだ」

「ああっ、それにしても人の一生ってなんなのかしら。短い人もいれば長い人もいるじゃない。いったい誰が決めてるの」

「そりゃおめえ、天におわすあの御方よ」

「あたしたちもこの先どうなるかわからないわねえ」

「そんなこたねえよ、おれとおめえは末永くつづくんだ」

「浮気しない？」

「するわけねえだろ」

「男に走らない？」

「なんだあ」

「だって、伊丹一学様みたいにさ」

「それじゃおれの菊馬は九女八かよ、勘弁してくれよ、まったく」

お蝶がはっとなって、

「ねっ、ちょっと、九女八っていえば、今夜あたり押しかけてきそうよ」

「そうだな、やべえぞ」

虎三がそわそわとなって、行燈に羽織をかけてうす暗くし、二人が息を殺すようにして酒を飲んでいると、表で足音がした。

「来た、噂をすれば影だわ」

お蝶が首を引っ込める。

「あの馬鹿野郎」

「おまえさん、戸締りした？」

「忘れたよ」

虎三が立って戸口へ行こうとすると、格子戸にぶち当たるようにして、酔った足取りの九女八が入って来た。

「なんだよ、いたのかよ、どうしてこんなに暗くしてるんだ」

行燈の羽織を取り外し、九女八は夫婦の間にどっかと座ると、

「聞いてくれ、今日はろくなことがなかったんだ」

夫婦は九女八に背を向け、目を合わさないようにしながらちびちびと酒を舐めている。

九女八がゆらゆらと揺れながら語る。

「花川戸で飲んでたら浅草芸者のきれいどころがわんさかへえって来てな、賑やかにやりだしたのまではよかったんだが、そのうちの一人がおれを見て羽左衛門《うざえもん》に似てるってぬかしやがってよ、そいでもってあたしゃすっかり嬉しくなって、座の真ん中に座っちまって着物も脱いでさ、半分裸んなっていい気んなってやってたんだ。するってえと、そのうち姐さん方は一人けえり二人けえりしてよ、誰もいなくなっ

ちまった。そいでつまらねえからおれもけえろうとしたら、店の奴が勘定書持ってきて、それがびっくりするような金高なんだよ、身に覚えがねえって言ったら、おれがみんな払ってやるって姐さん方に言ったたってんだ」

そこで九女八はずるずると崩れて、

「たぶんそうなんだろう、言ったような気もするからな。ともかくあれよ、おれの一生はろくなもんじゃねえな。死にてえよ、まったく」

鼾《いびき》をかいて寝てしまった。

「嫌だ、どうする、おまえさん」

お蝶の目が三角になっている。

だがいつもなら迷惑顔になる虎三は、この日はなぜかやさしい笑みになって、

「まっ、いいじゃねえか、今日のところは泊めてやろうぜ。こいつはこいつで一生懸命生きてるんだよ」

「う、うん、でもう……」

「昔よ、おれたちがこいつの家に泊めて貰ったこともあったじゃねえか。人は皆、相身互《あいみたが》いだぜ、お蝶」

お蝶にも虎三のやさしさがわかって、

「そうね、そうよね。九女八を邪険にするのやめにしよう」

「ああ」

九女八を放って、二人は鼾を聞きながらまた酒に戻った。

その宵はむし暑く、近所の犬が狐《きつね》のような鳴き声を上げた。

光文社文庫

文庫書下ろし／長編時代小説

夫《め》婦《おと》十《じつ》手《て》

著　者　和《わ》久《く》田《だ》正《まさ》明《あき》

2012年4月20日　初版1刷発行

発行者　駒　井　　稔
印　刷　堀　内　印　刷
製　本　榎　本　製　本

発行所　株式会社　光　文　社
〒112-8011　東京都文京区音羽1-16-6
電話（03）5395-8149　編　集　部
8113　書籍販売部
8125　業　務　部

落丁本・乱丁本は業務部にご連絡くだされば、お取替えいたします。
ISBN978-4-334-76379-4　Printed in Japan

組版　萩原印刷

お願い　光文社文庫をお読みになって、いかがでございましたか。「読後の感想」を編集部あてに、ぜひお送りください。

このほか光文社文庫では、どんな本をお読みになりましたか。これから、どういう本をご希望ですか。

どの本も、誤植がないようつとめていますが、もしお気づきの点がございましたら、お教えください。ご職業、ご年齢などもお書きそえいただければ幸いです。当社の規定により本来の目的以外に使用せず、大切に扱わせていただきます。

光文社文庫編集部